新潮文庫

王都の落伍者

—ソナンと空人1—

沢村　凜著

新潮社版

11353

王都の落伍者

ソナンと空人1

神は気紛《きまぐ》れ。

為《な》すことは、すべて戯《たわむ》れ。

人間はそのおこないに、どんな意味も見いだせない。

奇跡を起こすその御手《みて》は、世界の片隅の小さな町を、ひょいと破滅から救ったかと思うと、正しく生きてきた人々の長年にわたる努力の成果を、くるりと白紙に戻したりする。悪の限りを尽くした者を窮地から逃れさせたかと思えば、引き裂かれたはずの恋人たちを、ふたたび結び合わせもする。

奇跡の事例をならべてみれば、その気紛れぶりは明白だ。宗教家たちがどんな詭弁《きべん》で言い繕っても、勧善懲悪の意図は読みとれない。人類への愛も憎悪《ぞうお》も同情も、どう深読みしても見出《みいだ》せないし、人という無力な存在が必死にあがくことへの皮肉すら、感じ取ることは難しい。

神のふるまいに法則があるとしたら、見つけられるのはひとつだけ。

奇跡は一人の者に、二度以上、与えられることはない。一度、常ならぬ力で干渉した人生に、神がさらに不思議をほどこした例はないのだ。

これは、そんな世界の物語である。

I

水の中を、ひとりの男が沈んでいく。

腹を上にし、頭が足よりやや先をいく斜めになった格好で、川の底へと向かっている。

左手は、救いを求めるかのように、水面《みなも》に向かって伸ばされている。右の手は、胸の上でこぶしを握り、その指の間から、細長い紙がいくつもはみ出て、水草のように揺れている。折り曲げられた右腕とからだの間にも、同じような紙がはさまれ、ゆらめいていた。

顔が上を向き、両目が開いていたので、男にはまだ川面《かわも》が見えていた。外は曇りの夕暮れ時。日差しはほとんどなかったはずなのに、暗い水の中から見上げる水面は、まぶしいほどに輝いていた。

あのきらめきの向こうには、当たり前の世界がある。胸に自然に入ってくる空気があり、風が吹き、空が見え、道を馬車がはしり、人々が歩き、家や邸宅や寺院が立ち並んでいる。彼が十九年間を過ごした世界がある。

そのすべてが、遠ざかりつつあった。

川は深く、幅広かった。両岸は垂直に近い石組みで、誰かが助けようとしても、水辺に近寄ることはできなかった。

そもそも、溺《おぼ》れる男を見た者は多くない。王都の下町の商業地区と遊興地区とを隔てる橋の上は、昼間であれば商売人が行き来し、夜は酔客でにぎわうのだが、ちょうど人影の跡絶《とだ》える黄昏《たそがれ》時のことだった。

それでも、男が浮かんで流されていったなら、彼の飛び込みを間近で見ることになった何人かは、船着き場まで走って、男を引き揚げる手立てを講じたことだろう。

だが男は、川に飛び込んだあと、一度は頭を水の上に出したのだが、泳ぐ努力もせずに、周囲に浮かんだ紙を掻《か》き集めようとするばかりで、その結果、いくらも経《た》たないうちに、ずぶんと沈んで見えなくなった。

川面はいっとき、渦やあぶくで乱れたが、すぐに元のなめらかさを取り戻し、それきりだった。

王都において、人の死は珍しくない。疫病《えきびょう》は繰り返し襲ってくるし、馬に蹴《け》られたり、喧嘩《けんか》で殴られたりで、不運な者や軽率な人間は簡単に命を落とす。無謀にも馬車道に飛び出した誰かが、蹄《ひづめ》と車輪に踏みしだかれて息絶えるのをながめるのと同じように、橋の上の人々は、静かになった川面を、悲痛な顔でただ見つめた。何人かは口の中で神の名を唱えた。何人かは後味の悪い、苦い思いを噛《か》み締めていたが、まもなくみんな立ち去った。

両岸にいた幾人かは、川面に散らばったものが紙幣だと気づくと、拾い上げたくて地団駄を踏んだが、広い川の真ん中を流れていくのでは、どうしようもない。下流で待ち受けようと、船着き場まで走った者もあったが、この国の紙幣は水を含みやすい。そこまで流れ着く前に、一枚残らず沈んでしまった。

男を助けようと飛び込む者がいなかったのと同じく、金のために飛び込む者もいなかった。港町でもないこの都市に、泳ぎの心得がある人間はごく少ない。泳げたとしても、水の冷たさがからだの自由を奪うこの季節、水から上がれる岸辺をもたない川に入れば、十中八九、命を失う。見知らぬ人間を救うためや、一握りの紙幣を拾うためにそんな危険をおかす者は、いなくて当然だった。

男がずぶんと沈むのを橋の上から目撃した者たちの中で、最も苦い思いを抱いていたのは、ソナンという名の若者だった。

橋をあとにするソナンの足は重かった。自分がいなければ、あの男は今日、命を落とすことにはならなかった。そう考えると、心はさらに重かった。

けれども、良心の呵責《かしゃく》を感じたわけではない。何もかも、しかたのないことだった。あえていうなら、飛び込んだ男の自業自得《じごうじとく》。

それに、人の命が失われるのは痛ましいが、あの男のいなくなったことが、この国やこの都市にとって損失だとは思えなかった。素性も名前も知らない、二十日前に一度会っただけの人物だが、周囲に感謝されるより迷惑がられる生き方をしていたことは、その一回でじゅうぶん知れた。

川に沈んだ男よりも、ソナンは紙幣を惜しんだ。どうせ持ち主を失った金なら、貧しい人の役に立てたかったと。

水の流れに失われた紙幣の一枚か二枚でも、ひもじさにあえぐ家族の食卓を、何日間か豊かにできる。それにより、栄養不足で命を落としかけている幼児《おさなご》を、救うことができたかもしれない。

王都にはそれほど貧しい家庭が、数多く存在する。きらびやかに着飾った貴族たちが飽食に肥え太る一方で、がりがりに痩《や》せた五つや六つの子供らが、ごみ捨て場をあさっている。

考えてもしかたのないことだが。

ソナンの育った家庭も貧しかった。父親は腕のいい大工だったが、ソナンが十歳になった年、倒れてきた木材に背中を打たれて大怪我《おおけが》を負った。怪我そのものは半年ほどで癒《い》えたのだが、それから寝込みがちとなり、半端《はんぱ》仕事しかできなくなった。いいや、寝込みがちなのは、背中の負傷のためではない。そのときおぼえた昼酒のせいだと、父の仕事仲間がささやきあっていることを、ソナンは知っていた。しかし父の背中は、たしかに今も痛むのだ。酒を手放せないのは、そのせいだ。

そう思わなければ、やっていけない。

ソナンは、六人兄弟の三番目だった。

一番上の兄は、一攫千金《いっかくせんきん》を夢見て商船に乗り込み、遠くの海で船ごと行方知れずとなった。外海《そとうみ》を行く船が、今ほど頑丈な造りでなく、嵐《あらし》でしょっちゅう沈んでいた頃のことだから、よもや生きてはいないだろう。

二番目の兄は、隣国との戦争が起こったとき、人数合わせにやっきになった徴兵官に仕事場から連れ去られ、最前線に送られて、敵の刃《やいば》に命を落とした。

その知らせを受けた翌日、母親はソナンを都市警備隊に入れた。大工見習いでは、いつ戦場に連れていかれるかわからない。同じ兵士でも、警備隊なら王都をはなれることはない。命を失う危険があるのは同じでも、戦争に行く軍隊とちがって警備隊は、全滅するおそれはまずないし、怪我を負ってもすぐに手当てが受けられる。ソナンの家はこれ以上、稼ぎ手を失うわけにいかなかったのだ。

うまく立ち回りなさい、危なくなったら迷わず逃げなさいと、母親は口を酸《す》っぱくしてソナンに言った。

この忠告は、半分しか守れていない。

警備隊に入って五年、生傷の絶えたことがない。王都の治安はこの五十年、よかったためしがなく、下町の多くの地区では、路地に足を踏み入れれば、ごろつきやかっぱらい、掏摸《すり》や強盗に出くわさずには表通りに戻れないほどだ。

しかも、警備隊相手にも平気で刃物を振りかざす輩《やから》は多い。家族を養う金欲しさに悪事に手を染めた者は、目を血走らせて向かってくるし、先のみえない暮らしに嫌気がさして自暴自棄になっている連中は、命のやりとりを楽しんでいるかのようだ。

そして、貴族や金持ちの品行不良の子弟らは、捕えられてもどうせすぐに釈放されると知っているので、警備隊を小馬鹿《こばか》にしている。

「あの男も、その類《たぐい》だったな」

橋を背にしたソナンは、右手をそっと左肩においた。そこには、川に沈んだ男によって二十日前につけられた傷があった。

母親の忠告もあって、ソナンはどんな悪党も深追いしなかった。また、剣の鍛練をおこたらず、部隊で一、二の腕前となったため、生傷こそ絶えないものの、寝込むような大きな怪我をすることなく勤めてきた。

給料は安いが、遅配や欠配はなく、決まった額を家に入れることができる。おかげで、妹や弟にひもじい思いをさせずにすんだ。コネがないから出世はできないが、腕がいいから馘《くび》になることもない。

これで、「うまく立ち回る」を、身の安全を守るという意味以外でも実践していれば――すなわち、同僚の多くがしているように、不正に目をつぶる見返りに小銭を受け取っていれば、娘盛りになった妹が、継ぎだらけの服を着ることにはならなかっただろう。

だがソナンには、できなかった。

家族がこれ以上働き手をなくさないために、無茶は控える。けれども、母や弟妹、近所の友人たちのように、まじめにこつこつと働いている人間が、不正に泣かされるのを見過ごすことなど、できない。したくない。

ソナンが、生傷すらつくらずに平穏に見回りをおえることも、腰袋を小銭でふくらませることもできる立場なのに、そうしないのは、持ち前の正義感のためだった。

その正義感が、たった今、ひとりの男を殺した。二十日前にソナンが、道端のいざこざを黙って見過ごしていれば、あの男は死なずにすんだのだ。

そう考えるソナンの胸に、やましさに似た悲しみが押し寄せた。

「冗談じゃない。俺に後ろ暗い点はない」

ソナンは下唇を噛むと、左肩においた手に力を入れた。まだ治りきっていなかった傷が、じわりと痛んだ。

ソナンにこの傷を負わせた夜、あの男は笑っていた。

にたにたとした目で、ソナンがかばう女性の恐怖心を嗤《わら》い、片頬をくいっと上げて、ソナンの肩から流れ出た血を嘲笑《あざわら》った。

上等の身なりをしていた。

熟練した職人がひと月をかけて鞣《なめ》さないと出ないという艶《つや》を放つ、黒大鹿《くろおおじか》の革の外《がい》套《とう》。靴も、ていねいに仕立てられた一級品。

貴金属で身を飾ったりのこれみよがしの華美さはないが、ソナンの母だったら触れるだけで手が震えてしまいそうな高価な品を、無造作に身に付けていた。貴族の息子。それも、由緒《ゆいしょ》ある家のどら息子だと、ソナンはにらんだ。

そこは、高貴な人物が馬にも乗らずに来る場所ではなかった。下町の、治安のあやしい裏道だ。まともな貴公子がいるはずはない。

ソナンは、久しぶりの休日を親戚《しんせき》の家で過ごし、帰宅する途中だった。制服を着ておらず、剣も身に付けていなかったので、その一帯は急ぎ足で抜けようとしていた。ところが、数人の男が、若い女性を囲んで卑猥《ひわい》な言葉を発しているのが目にとまった。娘は明らかに嫌がっている。

勤務中じゃないんだから、気にしちゃだめだ。見なかったことにして行き過ぎるんだと、ソナンは自分に言い聞かせた。

ちょうど真横にさしかかったとき、娘が叫んだ。

「やめて」

悲痛なその声は、妹のものに少し似ていた。

見れば、男のひとりが娘の手首をつかんでいた。

「いいじゃないか。楽しもうよ」

下卑た声に、仲間の男たちの下卑た笑いが続いた。

「お願い。はなして」

娘は涙声になったが、哀れを誘うその態度は、男らの厚顔ぶりを増長させただけだった。ふたたびの笑い声とともに、手首をつかんでいた男が、もう片方の手で娘の肩を抱いた。

「はなしてやるよ。朝になったら」

「いやっ」

娘は男をつきとばし、走り出したが、男の仲間に進路をふさがれ、たちまち塀ぎわに追いつめられた。娘の蒼白《そうはく》になった顔は妹と少しも似ていなかったが、ソナンはそれ以上見ていられなかった。男らの背後を割って娘の前に入り込み、両手を広げた。

「もう、よせ」

短いせりふの間に、さっと視線をめぐらせて、男たちを値踏みした。下手《したて》に出るか、高圧的にいくかを決めるためだ。

最初の印象より若かった。二十歳を超えている者はいないのではないか。

人数は六人。全員が赤い顔をして、酒くさい。いちばん長身の男など、二本の足でじっと立っていることもできないほど酔っているらしく、絶えずぐらぐらと揺れていた。

ソナンの出現に、二人がひるんで逃げ腰になった。三人が目をいからせて喧嘩腰になり、残る一人はにやにや笑ったままだった。

その男だけが、仲間と不釣り合いな上等の身なりをしていることに、そのとき気づいた。

貴族の放蕩《ほうとう》息子が、小遣い銭で〝友人〟を買って、無頼漢ごっこをしている。そういう図式だと読んだ。

それならば、体面を汚《けが》さぬよう下手から、しかし権威をもって対処するのがよさそうだ。身分の高い者ほど、こんな場末でのいざこざが公《おおやけ》になるのを避けたがるはず。

そう判断したソナンは、穏やかな口調で切り出した。

「お願いだから、このまま立ち去ってもらえないだろうか。私は都市警備隊の者だが、ご覧の通り、非番だ。できれば事を荒立てたくない」

ところが、これを聞いて、ひるみかけていた者たちまで、目をきらめかせて仲間と同じ喧嘩腰になった。

「ふうん。都市警備隊様かあ」

ぐらぐら揺れていた男が、すうっと背筋を伸ばすと、片足を後ろに引いて半身になった。上半身は揺らいだままだが、喧嘩慣れした様子がうかがえた。

「非番のくせに、なんだって俺たちに指図するんだ」

背の低い男が、顎《あご》を上げてにらみつけてきた。

「非番でなくても、トケイなんかに指図されたくないけどな」

その隣の男が、継ぎだらけの上着を脱ぎ捨て、こぶしを握った。

トケイ。

どうやらこの連中は、ただのごろつきではなかったようだ。市井《しせい》の人たちは、悪党であろうと、都市警備隊をこんな略称で呼んだりしない。平服だが、この男たちも国から給金を貰《もら》っている兵士のようだ。

「これは失礼。王都防衛隊の方々でしたか。指図するつもりはありませんが、この娘も、偉大なる王の臣民。平穏に家に帰らせてやってはもらえませんか」

王都防衛隊も、この大都市を守るのが任務だが、都市警備隊とちがって犯罪者が相手ではない。異国からの軍隊が国境を破って王都にまで迫ったとき、最後の守りとして戦うために存在している。

そのため彼らの日々は、年に数回の儀式への参加をのぞくと、訓練に費やされている。つまり、何の役にも立っていないのだが、自分たちは下世話な仕事に関わっていないぶん、都警《トケイ》より格が上だと威張っている。

実際、給金も装備も都市警備隊よりずっといい王都防衛隊に入れるのは、なにがしかのコネのある人間だから、彼らのほうが社会的地位は高いのだろう。

とはいえその差も、本当の金持ちや高貴な人たちからみれば、無きに等しい。良家の子弟は、軍人になりたければ近衛隊《このえたい》に入る。彼らにとっては警備隊も防衛隊も、下々の者が食うために就いている賤《いや》しい職業の一種にすぎず、「武門の誉れ」とは縁遠いものなのだ。

その王都防衛隊に、貴族の子息がいるというのか。

ソナンはあらためて、鹿革の外套の男に目をやった。

やはり、貴族なのは間違いなさそうだ。身なりだけでなく、たたずまいに、気品と不遜《ふそん》が一体となった、高貴な家に生まれつかないともちえない雰囲気がある。

けれども、都警を蔑視《べっし》していても、いっしょにいる五人を見下している風はない。

金で〝友達〟を買ったという最初の見立てを、ソナンは訂正した。

貴族ながら、防衛隊の蛮カラな気風になじんだ変わり者。そもそも防衛隊にいるということは、よほどの失態をやらかして、懲罰として入れられでもしたのだろう。

つまり、すでに体面など気にかけない、最悪のならず者。

男はにたにたと笑っていた。喧嘩がしたくてたまらないのだ。その喧嘩で相手が怪我を負い、働けなくなったら、家族が飢えることになるかもしれないなど、想像もつかないのだ。

いや、ついてもきっと、気にしない。それどころか、おもしろがる。

ソナンは、娘を助けるために動いてよかったと思った。この手の男に率いられているごろつきは、か弱い娘にも容赦しないだろう。この手の男に率いられていあのままソナンが通り過ぎていたら、明日の朝、この娘の骸《むくろ》が道端に転がっている——などということもありえたのだ。

もう一度、六人に目をはしらせた。

勝てないまでも、負けはしないと思った。

王都防衛隊の連中は、訓練ばかりしているといっても、危機感をもっての鍛練ではない。聞くところによると、ずいぶんおざなりらしいし、実戦の経験もない。

なにしろ、王都の治安はここ五十年悪くなる一方だが、内政をつかさどる貴族らと対照的に、異国との戦を指揮する将軍たちは優秀で、さかんに攻め込もうとする敵国に深く国境を破らせたことはなく、首都が戦場になる事態はここ五十年、起こっていない。

そのため防衛隊はたるみきっており、腕の立つ人間はいないというのが下馬評だった。

背の低い男が、ふところに手を突っ込むと、短刀を取り出した。しめた、とソナンは思った。

敵が武器を手にしたからには、奪えばこちらのものにできる。一人で多数を相手にするなら、刃物はあったほうがいい。

いまや六人の関心は、ソナンだけに集まっていた。これで格闘が始まれば、娘の逃げる隙《すき》が生まれるだろう。

「防衛隊の人間は、六対一の戦いでも、刃物に頼らないといけないのか」

挑発すると、ぐらぐら揺れていた背の高い男がかかってきた。

長い腕から繰り出されたこぶしは、当たれば威力がありそうだったが、大振りなのでよけるのは簡単だった。ソナンがぎりぎりまで待って身をかわしたため、相手は勢い余ってつんのめった。それを後日《しりめ》に斜め右前方に跳んで、つかみかかってこようとしていた男の足を払いつつ、その横にいた小男に飛びかかって、短刀をもぎ取った。

体勢を整える前に、別の男の足が襲ってきたが、肘《ひじ》で防いだ。しびれるような痛みが骨の髄をはしったものの、倒されるには至らなかった。一歩うしろに飛び下がり、身を低くして短刀を構えた。

この一連の動きで、三人が石畳に尻餅《しりもち》をついたり膝《ひざ》をついたりしていたが、大きな打撃を与えたわけではない。三人ともすぐに立ち上がり、六人の男が半円形になってソナンを囲んだ。

ひと呼吸おいたのち、二人が同時に襲ってきた。一人を刃物で威《おど》してのけぞらせ、横から殴りかかってきた男の腕をねじりながら引いて、相手の勢いを利用するかたちで前傾させ、背中を蹴って地面に倒した。

そのとき、娘が走りだした。一人が気づいて、あとを追った。娘の手首をつかんでいた男だ。

残る五人に背中をみせるのは危険とわかっていたが、ソナンは男を追った。娘より男、男よりソナンの足が速かった。男が娘に追いつく寸前、背中に飛びつき、ともに地面に倒れ込んだ。

男は横に転がってソナンの手を逃れた。それを追うことも立ち上がることもできないうちに、左右からつま先が襲ってきた。男の仲間が到着したのだ。うつぶせのまま手足を縮め、短刀を腹に抱えるようにして背を丸めて、敵の攻撃から顔や腹を守った。口汚いののしり言葉とともに、襟首をつかむための手が伸びてきた。ソナンはそれを待っていた。つかまれる寸前、さっと頭を上げると、相手の腕をつかんで引き倒し、その反動で立ち上がりざま、正面の男を蹴り飛ばした。

そうしてできた包囲の穴を抜けたが、そこでくるりと反転して、ふたたび短刀を構えた。男らのうち五人は、怒りをむきだしにした顔でソナンをにらみつけた。あの男だけが笑っていた。

ソナンは、六人のならず者の動きから目をはなさないよう用心しながら、娘が走っていったほうに横目を使った。

誰もいない。

娘は無事に逃げ去り、街路にたむろしていた人々も、私闘の巻き添いになるのを恐れて、一人残らず姿を消したようだ。

「へえ、けっこうやるね」

鹿革の外套の男が、にやついた顔のまま、外套の下の腰袋から短刀を取り出し、

「おまえらは手を出すな」と仲間に告げた。五人は二手に分かれてソナンの左右に立ち、逃げ道をふさいだ。

どうやら、このお坊ちゃんとの決闘ごっこに応じないかぎり、家に帰らせてはもらえないようだ。

男は左足を引いた半身になり、右脇腹《わきばら》と、そこに上腕をつけた右手で握る武器の先を、ソナンに向けた。

剣術の教科書どおりの、きれいな構えだった。

遠方の、蛮族が住むという国々では、長くて重い刀を高く持ち上げ、戦いを挑むのだと、ソナンは聞いたことがあった。

だが、彼にとっての文明国はほとんどが、石造りの小さな町が近隣同士で争いながらまとまっていき、何百年か前に国家になったものだった。勝敗を決する戦いは、砦《とりで》内の狭い通路や居室でおこなわれることが多かったため、長い刃物より短い剣で、斬《き》るより鋭利な先端で突いて致命傷を負わせる技《わざ》が発達した。

国がまとまり、戦争のかたちが隣国とのあいだでおこなわれる白兵戦となっても、剣術の考え方に変化は生じなかった。

大平原で多数と多数がぶつかる戦では、個々人の技量は大きな意味をもたない。勝負の行方を決めるのは、兵の数や布陣の良否や戦闘員の士気であり、寸分の狂いのない一撃よりも、刃物をやみくもに振り回すほうが有効だったりするからだ。

そのような戦いで命のやりとりをするのは主に、徴発された農民や職人で、ソナンの次兄のように、戦場に連れ出されるまでは日々の糧《かて》を得るのに忙しくて、剣法などと縁のもちようのなかった者たちだ。

かくして剣術は戦場での実用をはなれ、そのためかえって元の形のまま、貴族の教養として生き残った。また、小振りの剣を扱う技は、短刀にもそのまま応用できることから、警備隊の職務や今回のような私闘では、その後も大いに使われていた。

貴族のどら息子だと見当をつけた人物が、基本に忠実な、見事な構えをみせたことに、ソナンは驚かなかった。高貴な家に生まれた男子は、どんなに反抗的でもこの年齢になるまでに、これくらいのことは叩《たた》き込まれる。

それに、酔っているせいもあるのだろう。構えが立派でも、ソナンの目から見れば隙だらけだった。

男の背後には、横路《よこみち》への入り口があった。この男を、にやにや笑いが消える程度の目にあわせたら、あそこに飛び込んでこの場を去ろうと決めた。娘が逃げおおせたいま、いつまでもこんな連中の相手をしてはいられない。ソナンは逃げ足にも自信があった。

男の隙だらけの首筋に向けて鋭い突きを放つかにみせて、途中で攻撃の進路を変えて、右手首を狙《ねら》った。怪我をさせないよう、こぶしで武器を叩き落とすつもりだった。ところが男は、その動きを読んででもいたかのように身をかわしながら、ソナンの顔面に向けて刃を突き出した。何とかよけたが、髪がひと筋、切られて落ちた。反射的に飛びすさり、短刀を構え直した。ソナンの息は、この動きのためというより、驚きとあせりで乱れていた。

今度は向こうから攻撃してきた。ソナンは右に左に身をかわすのがやっとで、気がつけば壁ぎわに追いつめられていた。心臓めがけて繰り出された刃先から、すんでのところで逃れたとき、胸脇の衣服を切られた。

くくっと、相手が喉《のど》を鳴らして笑ったのが聞こえた。

思わず顔に視線をやると、残忍そうに目を細め、片頬をくいっと歪《ゆが》めて嘲笑った。

背筋が凍りついた。

その瞬間、ソナンは隙だらけだったはずだが、男は攻撃してこなかった。

ソナンの恐れは確信に変わった。

この男は、いまみせた腕以上の手練《てだれ》なのだ。最初の一撃でソナンを殺せたのに、わざとはずして髪を切った。ソナンの懸命の防戦を楽しみながら、次に服地を切った。そうやって、相手の恐怖を楽しんでから、最後に肉を断つつもりなのだ。

男の短刀が襲ってきた。ソナンはそれを自分の刃物で二度、三度防いだ。彼自身の呼吸の音と、刃と刃が打ち合わされる硬い金属音だけが耳朶《じだ》を打つ。男は微笑《ほほえ》みを浮かべたまま、息を乱してもいなかった。

剣の柄《つか》を、強く握りすぎれば柔軟性が失われて、うまく操れなくなる。かといって、力を抜きすぎると、弾《はじ》きとばされて武器を失う。だから加減が大事なのだという初歩の心得を、ソナンはあせりのあまり忘れてしまった。上下左右、どこにでも瞬時に移動できる一個の生き物のような相手の刀に、必死で合わせているうちに、ふと、握りが甘くなった。

その刹那《せつな》、男の短刀がソナンの武器をなぎはらった。それから肩を突かれたのだ。刃先はすぐに抜き去られ、男はにやりと大きく笑った。思わず右手で切り口を押さえると、てのひらは生暖かい血でねっとりと濡《ぬ》れた。

男は、ふんと鼻を鳴らして背中を向けた。代わって五人の仲間がやってきて、さっきの仕返しだとばかりに、ソナンを袋叩きにした。途中で意識を失った。

気がつけば、真っ暗な街路でひとり、石畳に頬をつけて横たわっていた。

おそろしく寒かったが、ぶるぶるとからだを震わせようとしてもできないほど、全身が重くこわばっていた。顔を上げようと身じろぎすると、見えない敵に殴られたような痛みがはしった。

しかし、このままでは凍え死ぬ。気力だけで、動かないからだをなんとか動かし、痛みに耐えながら立ち上がった。

ずいぶん殴られたり蹴られたりしたが、ありがたいことに骨は折れていないようだった。肩の出血も止まっていた。ソナンは一歩を踏み出した。

ただ歩くということが、こんなに困難だったのは、物心ついてから初めてだった。片足をわずかに上げるだけで、筋肉が悲鳴をあげる。それに耐えながら足を前へと運んでいると、平衡を失いそうになる。

だが、転んではいけない。倒れたら、二度と立ち上がれそうにない。

ソナンは一歩一歩、慎重に歩いた。最初の角にたどりつくまでに三日もたった気がしたが、空はまだ白みかけてもいなかった。ときに半ば気を失い、ときに意識の深い混濁を一瞬で晴らす痛みにうめきながら、ソナンは我が家を目指した。

ようやく懐《なつ》かしい家並みが見えてきた。だが、様子がおかしい。真夜中だというのに、街路にうごめいている灯《あかり》がいくつもある。あやかしの火だろうか。

それでもソナンは、歩みつづけた。進めば怪異にとり殺されるとしても、進まなければのたれ死ぬ。同じ死ぬなら、一歩でも家に近いほうがいい。

近づいてみると、灯は角灯《ランタン》のものだった。町内の若者たちが、ソナンが帰らないのを心配して、捜しに出てくれていたのだ。


ソナンの住む町は、若者たちの結束が固かった。

貧しい地域に生まれた者らは、出し抜きあうか団結するかのどちらかを選ぶ。中間はない。

出し抜きあえば、隣人がいつ盗人に変わるかわからない、剣呑《けんのん》な街区となる。手を結びあえば、若い者らが自警団の役割を果たすので、住人はその界隈《かいわい》を安心して歩けるようになり、暮らしの苦労がいくぶん和らぐ。

後者が得だとわかっていても、先の希望のない人間は視野狭窄《きょうさく》に陥りやすい。自分のことしか考えられず、連帯とか友情とかと縁遠い人間ばかりの地区が多いなか、ソナンの住む町が違ったのは、人望のあったソナンの長兄が、かつて若者を取りまとめていたからだった。いわば、いなくなった兄の置き土産だ。

ソナンは、半端仕事しかできない言い訳を繰り返しつつ酒を飲む父親よりも、隣家に住む亡《な》き次兄の旧友を頼りにしていた。惚《ほ》れた女の話や、こんな生活をいつか抜け出すのだという実現の見込みのない夢を語り合う相手は、弟や妹でなく、向かいの家の同い年の友人だった。

「ソナン」

叫んで走り寄ってきたのがその友人だとわかると、ソナンの膝から力が抜け、意識が急速に遠のいた。

それから三日間の記憶は、ほとんどない。炎に焼かれるように熱かったり、雪をからだに詰め込まれたように寒かったり、筆舌に尽くしがたい悪夢にうなされたりの合い間に目を開けると、見慣れたしみだらけの天井が見えて、ああ、自分の家に寝ているのだと、ほっとしたことだけは覚えている。

四日目から、意識のはっきりした時間が増えて、見舞いに来た人たちと話ができるようになった。事情を聞いた友人らは憤慨したが、訴え出てもどうにもならないことはわかっていた。

十日目には立って歩けるようになったので、痛みをおして勤務に戻った。貯《たくわ》えもなくぎりぎりの生活をしているソナンの家で、父親以外の者が寝込んでいる余裕はなかったのだ。

そうしてこの日、やっとまともに動けるまでに回復した。肩の傷はまだ触れれば痛むが、それだけだ。もう、走ってもふらつかないし、笑っても腹が痛くはならない。

そこで、友人たちが回復祝いをしてくれることになった。お互い、贅沢《ぜいたく》はできない懐《ふところ》具合だが、歓楽街の居酒屋で働いている一人が、日没直後の客の少ない時間帯に安く飲み食いさせてもらえるよう、店主と話をつけたというので、八人ほどで繰り出した。

橋を渡っているとき、反対から若い男が走ってきた。最初ソナンは、その男が誰かわからなかった。ソナンと同じくらい質素な身なりをしていたし、布包みを胸に抱えて前屈《まえかが》みになっていたため、顔がよく見えなかったのだ。

ソナンの仲間は、飲む前から陽気に騒いでいた。他の通行人がほとんどいないのを幸いに、横に広がって歩き、話に夢中で前をよく見ていない者もいて、走ってきた男とぶつかった。

布包みが転がり落ちた。男はあわてて拾い上げ、ふたたび走り出そうとした。

「待てよ。ぶつかっておいて、謝まりもしないのか」

ソナンの友人が声を荒らげた。二人がぶつかるのを見ていたソナンは、衝突の非は双方にあると思ったが、男は素直に謝罪した。

「すまなかった。急いでいたので」

その顔を見て、ソナンは「あっ」と声をあげた。同時に、触れてもいない肩の傷が、ずきんと痛んだ。

「どうした、ソナン」

顔色を変えたゾナンを、すぐ横にいた友人が心配した。すると、早くもまた走り出そうとしていた男が振り返り、ソナンを見て、やはり「あ」と口を開けた。

疲れた顔をしていた。目の下に隈《くま》もある。そのためか、あの晩の不遜さは影を潜めていたが、ソナンを見る目に後ろめたさは見出せなかった。むしろ、やっかいなことになったという困惑が目立つ。

男はさっと視線をはしらせて、ソナンの仲間の人数を確認すると、こう言い放った。

「あのときのことで文句があるなら、あとで聞く。用事をすませたら、戻ってくるから、待っていてくれ」

そして走り去ろうとしたが、いまのやりとりとソナンの顔色から、仲間たちにもそれが誰だかわかったようだ。「行かせるか」と一人がつかみかかり、他の二人が両手を広げて男の前に立ちふさがった。

ソナンと戦ったときの身のこなしを考えれば、男はその手をすり抜けて行ってしまえたはずだった。ところが、胸の包みをかばってか、必死の気配に反して動きがにぶく、ソナンの仲間に捕まって、こぶしの雨を受けはじめた。

ソナンはそれを黙って見ていた。二十日前、家の近くまでたどりついたときのソナンは、ほんとうにひどい有り様だったという。友人たちが復讐心《ふくしゅうしん》に燃えるのは当然だ。それにこの男も、たまには痛い目にあったほうが本人のためになるはずだ。大きな怪我をしそうになったら、そのときに止めればいいと考えていた。

何発目かのこぶしの後で、男の荷物が地面に落ちた。最初に男とぶつかった仲間が、素早くそれを拾い上げた。

「返せ」

男は布包みに向かって突進した。だが、男の伸ばした手が届く寸前、包みは宙を飛んで、別の仲間の手に渡った。男は顔を真っ赤にして、新たな方向に走った。もちろん包みは、男の指が触れるより先に、別の仲間に投げ渡された。

嘲笑《ちょうしょう》の中で、男は走りまわった。ソナンはかわいそうな気がしてきたが、あのときの娘の絶望はもっと深かったはずだ。こうした経験も、この男には必要なのだと、口を出さずにいた。

すると、一人が投げそこなった。包みは欄干を越えて、川に向かって落下した。

ソナンはあわてて欄干に駆け寄った。落水の衝撃で結び目がほどけたのだろう。中身が川面に散っていた。

紙幣だった。岸辺のほうから、「おお」と驚きの声があがった。

すると、男が飛び込んだのだ。最初ソナンは、男が泳ぎの達人なのだと思った。でなければ、この状況で川に入ったりしない。

ところが男は、一度は水の上に顔を出したものの、泳ぐ努力もせずにやみくもに周囲の紙幣を掻き集め、その結果、ずぶんと沈んで見えなくなった。

男が起こした波や渦やあぶくが消えて、川面がなめらかさを取り戻しても、男は浮かんでこなかった。

もう、誰にもどうしようもできないことは明らかだった。

やがて八人は、無言のまま、もと来た方へと歩きはじめた。誰一人、回復祝いの飲み会をする気になれなかったのだ。

川を背にしたソナンの足取りは重かった。心はさらに重たくて、こうなるまでのいきさつを思うと、やましさに似た悲しみをおぼえた。

けれども、ソナンや彼の仲間が突き落としたわけではない。男は自分で飛び込んだのだ。荷物が落ちたことだって、もとはといえば、二十日前の無法なおこないが原因だ。すべては自業自得といえる。

それに、もしかしたらあの男は、やはり泳ぎの達人だったのかもしれない。溺れたようにみせかけて、ソナンたちの見えないところまで潜って、まんまと逃げおおせたのかも。

それは、やましさに似た悲しみをまぎらわすための、現実ばなれした空想だったが、まるっきり根拠がないわけではなかった。男が金のために飛び込んだとみるのは、合点がいかないのだ。

布に包まれていた紙幣は全部合わせても、男が二十日前に無造作にはおっていた外套一着、買えるほどもなかった。ソナンらにとってはともかく、あの男にとって、包みの金は大した価値のものではない。金のためでなければ、逃げるために飛び込んだと考えて、悪いわけがない。

ずぶんと沈む直前にみせた男の必死の形相を頭から追いやって、ソナンは自分をなぐさめた。

川に沈んだ男もまた、ソナンという名前だった。

2

この国の男子の名としてありふれたものだから、驚くほどの偶然ではない。けれどもこの偶然が、シュヌア家の長男であるソナンの運命を変えた。橋の上で、落とした荷物を拾い上げたあと、せっかく走りだしていたのに足をとめてしまったのは、名前のせいだ。「どうした、ソナン」の呼びかけに、つい振り返ってしまったのだ。そんなことをしなければ、もうひとりのソナンの仲間につかまることなく、橋を渡って目的地へと向かえていただろうに。

水の底へと沈んでいくシュヌア家のソナンはしかし、その致命的ともいえる瞬間のことを悔いてはいなかった。そもそも、すでにはっきりとした意識はない。彼には、どうして自分が左手を上へと伸ばしているのか、わからなかった。どうしてこんなことになったのかも、わからなかった。どうしてだろうと考えてもいなかった。

ただ、悲しんでいた。

彼の伸ばした左手がつかもうとしていたのは、空でも風でも家並みでもなく、そのずっと手前にあるものだった。

水面の輝きをちらちらと遮る——遮っていた——いまはもうほとんど見えない小さな影。わずかなら、右腕とからだの間にはさみこみ、こぶしの中に握っているもの。溺《おぼ》れたときにも決して離さなかったもの。三日前まで一度も大事に思ったことのなかった、紙でできた金。

そのほとんどが川の流れに失われたことを、悲しんでいた。

ソナンは泳げなかった。それなのに、川に飛び込んだ。泳げないのに、泳ぐ努力もしなかった。飛び込んだあと、一度は頭が水の上に出たのだが、あたりに浮かぶ紙幣を掻《か》き集めるのに夢中で、ほかには何も考えられなかった。

一枚残さず集めなければならないのに、彼の指の届かないところで、いくつもが流されたり沈んだりしていた。悔しさにあえいだとき、鼻と口からどっと水が入ってきた。

全身が沈み込んだ。

右腕以外のすべてを使って、ソナンはあがいた。

けれども、水を含んだ衣服はずっしりと重く、わずかな動きにも渾身《こんしん》の力が必要だった。しかも、自分のたてた白波や吐いた泡で何も見えず、上下の区別がつかなくなった。胸が爆発しそうに苦しくなり、苦しさの限界を超えると、意識が遠のいた。気がつけば、斜めの仰向《あおむ》けになって、頭から沈んでいっていた。いまなら、どちらが上だかわかる。水面が光っているからだ。

しかしソナンは、もはや指一本動かせなかった。

死ぬのだな、と思った。

そう思っても、何の感情もわいてこなかった。人は、頭より先に心が死んでしまうのだろうか。紙幣を取り戻せなかったことへの悲しみも、いつのまにか消えていた。

しんとしたソナンの心に残っていたのは、ただひとつ。長い廊下だけだった。

長い、長すぎる、無人の廊下。

彼が生まれ育った屋敷は広大だった。それなのに、住んでいるのは彼と父だけ。母親は、ソナンを生んですぐに亡《な》くなったそうで、屋敷の中には肖像画一枚残されていなかった。

使用人は、執事以外みな通いで、ソナンが生まれる前から忠実にシュヌア家に仕える執事のヨナルアも、裏門の脇《わき》にある離れに寝起きしていたので、夜の本邸は、彼と父との二人きりだった。

朝になって使用人がやってきても、屋敷は静かなままだった。ヨナルアが、主人の方針に従って厳しく指導していたので、誰一人、無駄に歩きまわったり軽口をたたいたりしなかったのだ。そのため何人もが立ち働いていても、人気《ひとけ》のない、がらんとした印象の屋内だった。

ソナンの一日は、長い廊下を歩いて父親の部屋に行き、朝の挨拶《あいさつ》をすることから始まった。父はいつも一分の隙《すき》なく身仕度しており、厳《いか》めしい顔で一人息子の挨拶を受け、時には訓辞を垂れた。

それからソナンは、長い廊下を通って食堂に行き、無言で簡素な朝食をとった。簡素――ではなかったのかもしれない。世の中には、もっともっと簡素な食事があることを、のちにソナンは知ることになった。とはいえシュヌア家の食卓は、その階級として、格式を損なわない範囲で最も簡素なものだった。軍人であり、社交的な催しのほとんどに背を向けていた父親の方針で、生活全般がそうだった。

朝食を終え、長い廊下をたどって自室に戻ると、ほどなく教師がやってきて、ソナンに読み書きや歴史や作法といった座学を教えた。

廊下はいつも薄暗かった。手燭《てしょく》の灯を頼りに移動する夜間や、じゅうぶんに日の差さない朝夕はもちろん、窓から入る陽光が壁や床を白く輝かせる刻限でも、まぶしさに細めた目がとらえる影の部分は、幼いソナンを捕えて闇《やみ》の世界に引きずり込むための魔がひそんでいそうに黒々としていた。

シュヌア家には、学問の教師以外に、剣術と乗馬の先生が通ってきた。

ソナンは、戸外でからだを動かすのが好きだった。人気のない長すぎる廊下を歩いていても、屋敷の外に向かうときには、心がはずんだ。石でできた建物の中にいると、圧迫される感じがしたが、青空の下では、自由に笑い声をあげることができた。また、剣術の先生はそれをとがめたりせず、時にはいっしょに笑ってくれた。

日が沈むと、父親と差し向かいで夕食をとった。父は、勉学の進み具合いを尋ねたり、朝よりも長い訓辞を垂れたりした。

食事が終わって使用人が帰ってしまうと、がらんとした屋敷はますます静かになった。ソナンは、山奥に住む杣人《そまびと》のように、風の音と葉ずれとを子守歌に眠った。

宗教上の定めのある日には、敷地に建つ小寺院で、父とともに、神に祈りを捧《ささ》げた。月に一度は、ふだんの簡素な服装からみると麗々しすぎて気恥ずかしくなるような正装で、街の大寺院にも赴いた。

けれども、神に心からの願いごとをした経験が、ソナンにはない。王国の繁栄と安寧。国王の威光がいや増すこと。王の健康と長寿。王子たちの健やかな成長。

大寺院で唱和されるこれらの祈りを、本気で口にしたことは一度もない。十二歳を過ぎてから、大きな行事があるときには父とともに王宮に赴くようになったが、遠くから見る王や王族に、尊敬や愛情や畏怖《いふ》の念を抱けたことはなかった。

父親が戦場に向かうときには、屋敷の寺院に宗教者や父の部下が集まって、戦勝祈願がなされたが、そんなときにもソナンは、父が率いる軍勢の勝利はおろか、父の無事な帰還さえ、願う気持ちになれなかった。

なぜなら、ソナンの父は、王国が誇る無敗の将軍だった。父が戦に敗れたり、怪我《けが》を負ったりすることなど、彼には想像できなかった。

祈ったり、願ったりするまでもない。父は必ず帰ってくる。そのたびに評判は高くなり、ソナンへの期待も高くなる。

父のようになりたいと、祈ればよかったのだろうか。

そうすべきなのはわかっていた。ソナンは一人息子だ。父の跡を継がねばならない。父のように偉大で、高潔で、厳めしい人間にならなければいけない。そのために努力しなければならないし、父のような人物になれるよう祈らなければならない。

けれども、戦に負けたり怪我をしたりする父を想像できないのと同様に、父のようになった自分を思い浮かべることが、ソナンにはできなかった。だから祈りもしなかったし、おそらく必要なだけの努力も払わなかったのだろう。乗馬と剣術以外では何ひとつ、父の期待に応《こた》えられていなかった。

父親が戦争やその他の用事で王都を留守にすると、ソナンは広大な屋敷に一人で残された。心細かったが、長い廊下を歩いて朝の挨拶をしに行かなくてすむのはありがたかった。

それに、幼い頃にはそんなとき、格別の楽しみがあった。執事のヨナルアが、主《あるじ》の不在の夜だけこっそりと、離れに招き入れてくれたのだ。

離れには、廊下がなかった。入り口をくぐればすぐ居間で、居間の右手に寝室があり、左手のくぐり戸の向こうは、小さな書斎。

この世のすべての家屋がこうだったらいいのにと、幼いソナンは思った。神様にお願いするほど強く思ったわけではないが。


十四歳で、近衛隊《このえたい》に入隊した。

貴族が軍務に就くときの常として、ソナンは国王に忠誠の誓いを立てた。片膝《かたひざ》をついて、抜き身の剣を両手で捧げた格好で、初めて間近で対面した王にはやはり、尊敬も愛情も畏怖の念も抱けなかったが、近衛隊への出仕は、彼の生活を劇的に変えた。

最初ソナンは、自分と同じ年齢の少年がまわりに大勢いる環境にとまどった。けれども、慣れてくると楽しくなった。がらんとした屋敷で、長くて薄暗い廊下を歩きながら望んでいたのは、きっとこんな日々だったのだと思った。

少年近衛兵に、重要な任務は課されない。王宮のどこかで姿勢を正してじっと立っているか、屋敷で教師たちに習ったことのおさらいのような教練を受ける時間のほかは、待機室で仲間たちと気ままに過ごせた。

ソナンと同じ少年貴族である同僚らは、ソナンの世間知らずに驚きながら、貴族の社交生活というものを教えてくれた。歌や踊り、双六《すごろく》遊びや酒を飲んで騒ぐことも、ソナンは彼らに教わった。

十五歳で、婚約した。

相手は、国の西部にあるシュヌア領の隣に広い領地を持つ、ワクサール家の息女、チャニル。ソナンより一つ年上で、幼なじみだった。

といっても、親しいといえる間柄ではなかった。ソナンがまだよちよち歩きの頃から、父は彼を連れて年に二、三度、ワクサール家を訪問した。向こうからも、同じくらいやってきた。

親同士が話をしているあいだ、ソナンとチャニルは、いっしょに別室で待つことになった。あとから思えばこの縁談は、ソナンの誕生とともに決まっており、ふたりをなじませるための相互訪問だったのだろう。

ソナンにとってチャニルは、唯一《ゆいいつ》の幼なじみであり、ともに遊んだことのある子供だったが、いっしょにいて楽しかった記憶はない。彼にとって女の子の遊びは退屈で、チャニルといるよりひとりで剣術の稽古《けいこ》をするほうがおもしろかったから、「ワクサール様がおいでになる」と使用人たちが客を迎える準備を始めると、がっかりしたものだ。

けれども、婚約に異を唱えようとは思わなかった。結婚相手を親が決めるのは当然のこと。ソナンはシュヌア家の跡継ぎで、家門を守るために、ふさわしい妻を娶《めと》らなければならないのだ。

チャニルは評判のいい娘だった。素直で明るいしっかり者。そのうえ、近衛隊の仲間によると、王都屈指の美貌《びぼう》の持ち主で、多くの若き貴族が恋焦《こ》がれているという。

そうかなと、ソナンは首をかしげた。

チャニルの価値がわからないのは、女っ気のない家で育ったせいだ。もっと世の中を知るべきだと、仲間たちはソナンを昼の茶屋に誘い、来たるべき結婚生活に備えるためにと、夜の街に誘《いざな》った。

そうしてソナンは、町娘とのおしゃべりが楽しいことを知り、男と女が寝台ですべきことを知った。

簡素を旨《むね》とするシュヌア家では、嫡男《ちゃくなん》にも多くの金を持たせなかった。ソナンの小遣いは、たちまち底をついた。

ソナンは衣服を売ることを覚えた。何の飾りもついていない普段用の上着一枚で、居酒屋にいあわせた客全員に奢《おご》って一晩楽しく過ごせることを、ソナンは知った。

売り払った衣装は、なくしたと言って、ヨナルアに新しいものを用意してもらっていたが、ある日、きっぱりと宣告された。

「今度こんなことがあったら、旦那《だんな》様に申し上げます。そのときには、ソナン様が、夜中にこっそり屋敷を抜け出して、明け方に門を乗り越えてお帰りになっていることも、お伝えしないわけにはまいりません」

ソナンに甘いヨナルアは、そう言いつつも、このあと三回は見逃してくれたが、四回目にほんとうに父親に告げられた。

父の叱責《しっせき》の激しさに、ソナンは驚いた。それまでは、どんなひどいしくじりにも、ここまで言われたことはなかった。言葉の激しさだけではない、父がソナンに向ける眼差《まなざ》しには、軽蔑《けいべつ》が感じられた。それが何よりこたえたので、しばらくは、仲間の誘いを断って、慎み深い日々を送った。

けれどもソナンは、新しく知った楽しみを、長く我慢することができなかった。ふたたび街に遊びに出るようになり、金が足りなくなると、衣装のかわりに調度品を持ち出した。使用されていない部屋に置かれていた燭台ひとつでも、当座の小遣いとしてじゅうぶんな金になった。ふところに隠して持ち出せるほどの小さな絵画が、どんなに高く売れるかわかったときには、小躍りして喜んだ。

だがシュヌア家では、燭台ひとつといえども、きちんと管理されていた。ソナンの持ち出しはすぐに露見し、ヨナルアから忠告を受けた。それでも続けているとまた、父に厳しく叱責された。

今度は覚悟していたから、最初のときのような衝撃は受けなかった。叱責など、訓辞と同じく聞き流せばいいのだ。どうせ自分は、逆立ちしたって父のようにはなれない。だったら無駄な努力はせずに、楽しめるときに楽しもう。

王宮の誰も見ていない一角でじっと立っているという退屈な勤務をさぼって、遊びに出たことがばれたときには、近衛隊内部での処分も受けたが、父親から新手の制裁が科せられた。頬に強い平手打ちをされたのだ。

痛みよりも驚きに目を見開くと、父は顔を真っ赤にして、肩を激しく上下させていた。この人でも取り乱すことがあるのかと意外の感を抱いたが、行動はあらためなかった。

近衛隊に入隊して二年後、同期の少年兵たちはみな士官になったが、ソナンは一兵卒のままだった。近衛隊を指揮するムナーフ将軍としては、シュヌア将軍の子息をそんな恥ずかしい目にあわせたくはなかったのだが、ソナンの処罰歴が長すぎて、どう規則をねじ曲げても、昇格させるわけにはいかなかったのだ。

ムナーフ将軍から丁重な詫《わ》びとともにこの事実を告げられたシュヌア将軍は、激怒した。もちろん、ムナーフ将軍にではなく、一人息子に対して。そしてソナンを勘当した。記念すべき、第一回目の勘当である。

「一つでも階級が上がるまでは、屋敷への立ち入りを禁じる」と、家を追い出されたソナンは、下町の宿に泊まって近衛隊への出仕を続けた。

規則違反ならいくつもおかしたソナンだったが、軍務をそっくり投げ出すことはしなかった。なにしろ、王の面前で剣の誓いを立てている。職務放棄は、この誓いの破棄とみなされ、謀反《むほん》に等しい重罪となる。ソナンにもそれを避けるだけの分別はあった。

やがて金が尽きた。近衛隊の仲間は、偉大なるシュヌア将軍の不興をかうことを恐れて、手助けしてはくれなかった。つきあいのある親戚《しんせき》を持たない彼に、頼れる先はひとつしかなかった。

ソナンは、ぼろ着をまとったみじめな姿で、ワクサール家の門をたたいた。

結局このときの勘当は、チャニルのとりなしによって解かれた。人々の言う「チャニルの価値」がわからないままのソナンだったが、彼女が親切な人間であることは理解できた。

ところが、それから三月もたたないうちに、この婚約者への儀礼上必要な訪問を、娼家《しょうか》で寝過したためにすっぽかしてしまった。たちまち二回目の勘当が下された。

これは自力で解消した。年に一度の剣術大会で七回勝ち抜き、その成績により、官位を一つ上げることができたのだ。

位が上がれば責任も増す。増した責任を少しも果たそうとしなかったので、異例の降格と三回目の勘当をくらうまでに、たいして時間はかからなかった。

執事のヨナルアが懇願してくれたおかげで、屋敷に寝泊まりすることだけは許された。ヨナルアのためにもまじめになろうと思ったが、その決心も長くは続かなかった。

川底へと沈みゆくソナンの心がしんとしていたのは、それがなじみの状態だったからかもしれない。彼の人生は、生まれついた高貴な場所から沈むばかりの日々だった。まぶしい水面を見つめつつ、そこからどんどんはなれていく。

まじめになろうという決意が何度くじけても彼は、まじめになれますようにと神に祈ったりしなかった。そう祈ることを、思いつきもしなかった。おそらく彼の父親は、一人息子の更生を、何度も祈願しただろうが。

チャニルの美貌と同じくらい、ソナンの道楽ぶりは貴族社会で有名になった。けれども、そんなソナンも一度だけ、多くの人に賞賛され、拍手喝采《かっさい》を浴びたことがある。十八歳で迎えた剣術大会でのことだ。

この大会でソナンは、八回勝ち抜いて、御前試合となる決勝大会に出場することになった。最年少出場記録となる快挙だった。

これにより、ソナンの士官への昇格が決まり、そのとき受けていた勘当が解かれた。

御前試合は、王族だけでなく多くの貴族や庶民が集まった大競技場でおこなわれる。剣術大会というより祭典だ。

父親は、「おまえの唯一の取り柄だ。がんばってこい」とソナンを送り出した。その眼差しからは軽蔑が姿を消し、厳めしいしかめっ面《つら》の向こうに、息子を誇りに思う気持ちが隠れているようにさえみえた。

晴天だった。着飾った人々でいっぱいの観覧席は、花畑を連想させた。ソナン以外の出場者は、剣術の師範などの名のある剣士で、誰ひとり彼に勝利を期待していなかった。だから気楽に臨めたし、ソナンには、対戦者にない若さと身軽さと度胸があった。

決勝大会からは、真剣が使われる。胸当てをつけているとはいえ、ひとつ間違えば命を落とす。だが、切るより突くことを主眼とするこの国の剣術では、いかに相手を怖《おそ》れずに、そのふところに飛び込めるかが勝敗を分ける。

ソナンは敵の剣先を、少しも怖いと思わなかった。彼の無鉄砲ともいえる攻撃に、対戦相手はとまどった。

そうして、いくつかの幸運にも助けられて、ソナンは優勝した。競技場は歓声に包まれた。

王子より賜った白馬にまたがり、王女から授けられた勝利の緑樹——若葉のついた小枝を鞠《まり》状に編んだもの——を右手に高く掲げて、ソナンは競技場を周回した。五月の気持ちのいい霧雨のように、賞賛の言葉が降ってくる。天にも昇る心地だった。同時に、自分が自分でないような、ぐらぐらとした落ち着かなさも感じていた。

周回の終着点にあたる貴族席に、動きがあるのが目に入った。チャニルがみんなに押しやられながら、前列へと出てきていた。

勝利の緑樹は、結婚している者は妻に、婚約している者は許婚者《いいなずけ》に、どちらも持たない者は意中の女性に手渡すことが、慣例だった。

最前列に立つチャニルの顔が紅潮しているのが、遠目にもわかった。

ソナンはまだ庶民席の前にいた。チャニルから目をそらして横を見上げると、なじみの茶屋の娘たちが、きゃーきゃーと黄色い声をあげていた。衝動的に、そちらに向かって勝利の緑樹を投げ込んだ。

庶民席はどっと沸き立ち、貴族席の面々は蒼白《そうはく》になった。

屋敷の地下倉庫に三日間、閉じ込められた。それから父親に、新たな処分を告げられた。

「どうやら、おまえの軽薄なところを直すには、謹慎や勘当では足りないようだ。ムナーフ将軍も、おまえをもてあまして困っておられる。これ以上、近衛隊においてはおけない。明日からおまえは、王都防衛隊の一兵卒だ」

みじめだった。これまでの数々の愚行を心から悔いた。けれども、予想外の晴れがましさよりこのみじめさのほうが、自分に似合っているようにも感じられた。それがまた、みじめだった。

やけっぱちな気持ちで、防衛隊入隊当初はよく喧嘩《けんか》をした。迎える側も、貴族のお坊っちゃまへの反感をむきだしにしており、喧嘩のタネには事欠かなかった。

庶民の流儀によると、喧嘩のあとにはいっしょに酒を飲むものらしい。そうして気がつけば、隊の中でも喧嘩っぱやい、はみだし者たちと仲良くなっていた。

特に、イピー家の長男、ナーツとウマが合った。背がひょろっと高くて、喧嘩は強いが酒には弱い。からりとした性格で、ソナンが貴族であることを意に介さず、親しくなると当然のように自宅に連れていった。

茶屋でも居酒屋でも娼家でもない、庶民の家に入るのは初めてだった。

庶民といってもイピー家は、本来なかなかの家柄で、代々街区の区長を務めていたのだそうだ。ところが数年前、父親が悪い男に騙《だま》されて財産をなくし、いまの手狭な家に引っ越すことになったのだと、ナーツはからりと笑って語った。

その家は、ヨナルアの住む離れに似ていた。廊下がないのだ。入ってすぐが居間と台所。居間の左右にひとつずつ寝室がくっついていて、その二部屋で家族六人が休んでいた。

ナーツの家にいるあいだ、ソナンは自然に笑顔でいられた。やっぱり、廊下のない家はいいと思った。

ナーツには、一つ年下の妹がいた。タハルという名で、目尻《めじり》の下がった細い目と、ちょこんとした小さな鼻と、ふくよかな頬をもつ、愛嬌《あいきょう》のある娘だった。

イピー家からの帰り道、ソナンの頭を占めていたのは、自分にも妹がいればよかったのにという思いだった。タハルのような妹がもしいたら、自分の人生はずいぶんちがっていたのではと、そんなことをずっと考えていた。

ソナンは、たびたびイピー家を訪問した。タハルに会うと、きまって心が安らかになったが、屋敷に戻って長い廊下を歩くとたちまち、ささくれた気分が戻ってきて、それをなだめるための夜遊びは続いた。


あの夜も、そうだった。ナーツらと居酒屋で大騒ぎして、隅で眉《まゆ》をひそめていた分別くさい客に因縁をつけて暴れた。お代はいいから、もう帰ってくれと店主に追い出され、得をした気分になって、みんなで笑った。

ソナンがつるんでいた仲間は、ナーツも含めて、人に迷惑がられるのが好きだった。誰かが顔をしかめると、なぜか心がわくわくして、もっといらだたせたくなる。

そういう意味でその夜は、順調な滑り出しといえた。

やがて彼らは、絶好のからかい相手を見つけた。びくびくした様子で独り歩きしている若い娘だ。ちょっかいを出すと娘は、期待以上に赤くなったり青くなったりして、ソナンたちを笑わせてくれた。

そこに邪魔が入った。英雄気取りの都市警備隊員が、彼らの前に立ちふさがったのだ。腕の立つ男で、つまりはソナンにとって絶好の気晴らし相手だった。自信満々のまじめくさった顔にあせりが浮かび、恐怖が生まれ、やがて苦痛にうめくのを、ソナンは存分に楽しんだ。

いつまでもそんな生活を続けられないことは、わかっていた。たぶん、あともう少し、ナーツの家を訪れて、タハルと穏やかに話をする時間を重ねたら、心を入れ替えてまじめになる。防衛隊でまともに出世し、いつか近衛隊に戻してもらい、いつか父の跡を継ぐ。

そう歩くしかないまっすぐな廊下が、彼の人生なのだから。

タハルのような妹をもちながら、どうしてナーツは自分と同じはみだし者なのだろうと、ソナンはいぶかしんだが、何度かイピー家を訪れるうちに、わかってきた。父親のしくじりで、一家は庶民の中の階級をひとつかふたつ、すべり落ちた。その〝没落〟が、ナーツを捨て鉢にさせたのだ。

階級とか格式とか、息子の義務とか身分に伴う責任とか、世の中には面倒くさいことが多すぎると思った。もっと気楽にいかないものかと。

だが世の中は、ソナンが考えていた以上に厳しかった。都警《トケィ》の隊士をなぶりものにした十数日後、ソナンはそれを思い知ることになる。

まず、父親から勘当を言い渡された。

理由は、防衛隊に移っても、心を入れ替えるどころか、さらに怠惰で軽薄で不まじめになり、身分からいってずっと下の組織にいるにもかかわらず、士官に昇進することもできずにいる――という、しごくもっともなものだった。

「今度こそ、おまえがきちんと軍務を果たしてその功績で士官になるまで、たとえ天地が裂けても勘当を解きはしないと神に誓った。もうおまえは、この家の人間ではない。何一つ持ち出すことなく、さっさと去れ。私の息子に戻るまでは、一歩たりともこの屋敷に立ち入るな」

そう告げられて、追い出された。

父親は、これまでになく本気のようだった。そのときソナンは、防衛隊から貸与された制服を着ていたので、下着と腰袋の小銭以外は何も持たない身となった。

しようがないなと、ソナンは肩をすぼめた。

そろそろ本当にまじめになろう。父親のようにはなれなくても、最低限のまじめさがあれば――すなわち、規則違反をおかさないで勤務を続ける我慢ができれば、早くて一年、長くても二年で士官になれるはず。一、二年続けられた我慢は、それからもきっと、継続することができるだろう。そうやって、長い廊下を歩くように、ただまっすぐに進めばいい。ほかにどうしようもないのだから。

それは、決意というより諦観《ていかん》だった。

ソナンは肩を開いて大きく息をつくと、考えを目先のことに切り替えた。あと十日もすれば給料が出るので、それ以降は、庶民のように簡素に暮らせば、なんとかやっていけるだろう。

問題は、給料日までどこに寝泊まりするかだ。ワクサール家との婚約が、彼の数々の不祥事によって取り消されたのか、まだ有効なのかを、ソナンは知らなかったが、いずれにせよ、いまさらあの家を頼れないことは心得ていた。

ナーツの家に行くことにした。

あんな狭い寝室に六人もで寝ている家には迷惑な話かもしれないが、あの人たちなら快く泊めてくれる気がした。

ところが、イピー家の門口に到着したソナンが目にしたのは、とんでもない光景だった。ナーツが父親を、げんこで殴り飛ばしたのだ。

ソナンは家に飛び込んで、魔物のような形相でわめくナーツを、後ろから羽交い締めにした。親に手をあげるなど、どんな理由があっても許されることではない。

だがナーツには、そうするだけのじゅうぶんな理由があったのだと、すぐにソナンは知ることになった。激昂《げっこう》してろくに口のきけないナーツに代わって、母親が涙ながらに語ったところによると、騙されて財産をなくしたとき、子供たちには言わずにいたが、実は借金まで負っていた。その返済が滞り、ほかにどうしようもなくなって、父親は娘のタハルを〈人買い〉に売った。

〈人買い〉は、買った娘を遠くの町や村に運んでいって、夜の商売をさせる。都の娼家の女たちとちがって、そうした娘は、嫌な客を断ることも昼間に遊びに出ることも許されず、ただひたすら客をとらされる。

ソナンは血の気がすーっと引いたが、実態がどんなにむごく、〈人買い〉という俗称で呼ばれていても、この商売は正規に認められているものだ。どこかに訴え出てもどうにもならない。タハルを取り返すには、買い戻すしかなかった。

ソナンはナーツをなんとか落ち着かせると、父親から詳しい話を聞き出した。それによると、タハルを買った商人は、あと三日は都にいるという。その間なら元の代金に一割程度を上乗せすれば、買い戻すことはできるはずだが、タハルを売った金はそっくりそのまま借金取りに渡したので、もう一キニツも残っていない。

そこまで聞くとソナンは、「待っていてくれ」と叫んで、イピー家を飛び出した。

全速力でたどりついたシュヌア家の正門には、見知らぬ門衛が立っていた。その男は、命令しても懇願しても、屋敷への立ち入りはおろか、将軍や執事への取り次ぎさえも拒絶した。

裏門にまわると、そこにも門衛がいて、いつものように乗り越えることができなかった。この門衛と大声で押し問答をしていると、ヨナルアが現れた。

「申し訳ありませんが、シュヌア将軍は、勘当を解く条件が整うまで、あなた様を一歩たりともこの家の敷地に踏み入れさせてはならないと、厳命しておられます。また、たとえ将軍が戦や病に倒れて、すぐにも息を引き取るという事態になっても、あなたを呼んではいけないと言われています。ソナン様、おわかりですか。このたびの将軍のご決意は、そこまで固いものなのです」

「そうじゃないんだ、ヨナルア」

ソナンは裏門の格子《こうし》を握り締めて、説明した。自分のためではない。清らかで心正しい知り合いを助けるために、どうしても今すぐに二千二百キニツが必要なのだと。その金を貸してもらえたら、もう何も望まない。必ず勤務に精励し、父の期待するような息子になる。金も、できるだけ早く返す。

けれども、ヨナルアの忠誠心は揺るがなかった。

「私があなたとこうしてお話しするのも、これが最後です。勘当が解けるまでは、私にとってもソナン様はまったくの他人で、いっさいの手助けをしてはならないと命じられていますので。将軍も、ここまでのことをなさるのは、大変におつらいのです。どうぞ、お知り合いのことより、ご自身を、そしてあなた様のお父上を救ってください。まじめにお勤めを果たして、一日も早く、本来とっくに昇られているはずの地位に就いてください。人助けをなさるのは、それからのことです」

そう言い残してヨナルアは、屋敷の中へと消えた。

半日前とは何もかもが変わってしまったのだということを、ようやくソナンは理解した。父親の忍耐やヨナルアの優しさの限度を、彼は超えてしまったのだと。

しかし、どうしてそれが、この日なのだ。父の徹底した勘当が、あと一日先だったら、もしくは、タハルを救うために金が必要だと、あと半日早くわかっていたら、ソナンはやすやすとその金額を用意できていただろう。

悔しさに、格子を強く揺さぶると、門衛が剣の柄に手をかけてじろりとにらんだ。その不躾《ぶしつけ》な眼差しが、ソナンに冷静さを取り戻させた。

そうだった。こんなところで呆然《ぼうぜん》としたり、悔しがったりしている場合ではない。

意を決して、ワクサール家に向かった。恥も外聞もなく、二千二百キニツを貸してくれと頼むことにしたのだ。自分のためではない。タハルのためなのだから、どんな恥にも耐えられる。

しかし、やはり門衛に阻《はば》まれた。どれだけ頼んでも、チャニルにもその家族にも取り次いではもらえなかった。手紙を渡すことも拒まれた。

それからも、知るかぎりの貴族の家をまわったが、どこも同じだった。シュヌア将軍は、息子と絶縁したこと、手助けは無用であることを、広く通知していたのだ。

万策尽きて、とぼとぼとイピー家に戻ると、どうして知ったのか、防衛隊の飲み仲間が集まっていた。

ナーツは、期待に満ちた眼差しでソナンを迎えた。その顔面に浮かんだ笑みは、ソナンの精気のない顔を見ると、憤怒《ふんぬ》に変わった。どうしておまえに、たった二千二百キニツがつくれないんだと、殴られた。

ナーツの気持ちは痛いほどわかった。ソナンも、自分を何度でも殴りたかった。しかし、そんなことをしていても、タハルは救えない。

それからみんなで金策に走った。

ソナンの下着はいくらかになった。制服は売れなかった。後難をおそれて、どこの古着屋も引き取ってくれなかったのだ。防衛隊の仲間に、十キニツでも、五キニツでも、一キニツでもいいから貸してくれと頼んでまわった。事情を説明しても、多くの金は集まらなかった。〈人買い〉に娘を売らなければならない家庭など、王都では珍しくなかったのだ。

それでもソナンはあきらめなかった。あれやこれやの手段で、少しずつ金を集めていった。何かにこれほど必死になったのは、生まれて初めてのことだった。必死すぎて、タハルを助けてくださいと神に祈ることも忘れていた。

彼の熱意は防衛隊の飲み仲間にも伝染し、最初はあきらめ半分だった者たちも、ソナンと同じくらい熱心に駆け回りはじめた。イピー一家も、嘆いたりいがみあったりしている暇にがんばってみたら、もしかしたらタハルを取り戻せるかもしれないと望みを抱くようになり、金策に励みはじめた。

〈人買い〉は、人目を避けるように、日暮れを待って王都を出発するのが常だった。タハルを買った商人も、出立は日が沈んだ後だという。それまでに二千二百キニツを持っていけばタハルを返してくれると、話はすでにつけてあった。

そして、期限の日、日没まであとわずかという時になって、必要な金額が集まった。ナーツが「奇跡みたいだ」とつぶやいた。

金は、ソナンが届けることになった。馬や馬車を雇う金など、もちろんない。みんなでぞろぞろ歩いていっては、時間がかかる。一人で走って届けるとなると、足が速くて腕の立つソナンが適任だと、誰もが考えたのだ。

しわくちゃの紙幣を布で包んだ荷物を抱えて、ソナンは出発した。

日没には、走れば間に合うはずだった。ソナンは、それがタハルの命そのものであるかのように、しっかりと布包みを抱きしめていた。すでにタハルを救い出したかのように、心は歓喜に躍っていた。

それなのに、それからいくらもたたないうちに、タハルを救うはずだった紙幣は沈んでしまい、ソナンは斜めの仰向けになって、川の底へと向かっている。

おそらくソナンは、必死に走りすぎたのだ。三日間、不眠不休で金策に駆け回ったため、注意が散漫になってもいた。だから、通行人にぶつかって、大事な荷物を落とすという失態を演じてしまった。

そのうえ「どうした、ソナン」という知らない声に、つい反応し、そのあとも、いつものように冷静でいられなかった。落ち着いて行動すれば、どのようにでも切り抜けられたはずなのに、布包みを守ろうと懸命になりすぎて、かえってそれを失ってしまった。

剣の腕を過信して、一人で出かけたのもいけなかった。あの警備隊員の一行と、あんなふうに出くわして、ぶつかったのもいけなかった。

そもそもあの夜、独り歩きの女をからかったりしなければよかった。正義漢ぶる警備隊員を、なぶりものになどしなければよかった。父親に本気の勘当を告げられたとき、ひざまずいて更生を誓い、わずかの間でも猶予《ゆうよ》をもらっておけばよかった。その前に、父があそこまでの決意をしないですむよう、少しでも品行をあらためていればよかった。

彼以外のことで言えば、ナーツの父親がもっと早く、借金のことを家族に打ち明けていれば、娘を売るところまで追いつめられずにすんだはず。

そんな因果関係が、水に翻弄《ほんろう》されて上下もわからなくなったとき、ソナンの頭をざぶんと洗ったが、物事が急転しすぎて、心にとどまることなく行き過ぎた。そうしてソナンは、わけのわからないまま沈んでいった。

タハルを助けられないという悲しみだけが彼の心にあったのだが、脈が止まると、それも消えた。

しんとした心には、長くて人気《ひとけ》のない廊下だけが残った。

おそらく、あの廊下を自分の足で歩きはじめたときから、彼の運命は決まっていたのだ。逃げ場はなく、進む先はどん詰まりだと。

それを薄々わかっていたから、父のようになる努力ができなかったのかもしれない。まじめになれなかったのかもしれない。初めて何かに必死になったら、やはり結果は、このとおり。

人気のない薄暗い廊下のような人生が終わることを、ソナンは少しも悲しんでいなかった。

川の底は、もう近い。

彼の開いた両目から、光が消えた。

3

「おもしろい」

声が聞こえた。

目の前に、男がすわっていた。

男――なのだろうか。

女ではない。子供でもない。老人でもない。それは確かなのに、目の前で笑っている顔は、青年とも壮年とも見分けがつかず、そのうえ「男」と言い切るには、どこかが普通とちがっていた。

生き生きとした金色の瞳《ひとみ》をもち、柔らかそうな肌をしているのに、大理石に彫られたものだといわれればそのように見え、木の幹の皺《しわ》が人の模様になっているのだといわれれば、そうともとれる。

そこでソナンは、はっとして、視線を落として自分のからだに目をやった。

この三日着たきりだった、粗末な古着が見えた。濡《ぬ》れてはいない。

顔を手でさわってみた。温かかった。

何が起こったのか理解できず、したがって、何の思いも浮かばなかった。

「ほっとしたり、喜んだりはしないんだね。おまえ、ほんとにおもしろい」

目の前の顔は、微笑《ほほえ》んでいた。その顔を縁《ふち》どる朱色の髪は、なめらかな小川のように、左肩からあぐらをかいた脚の上へと流れ落ち、さらに床にあふれて、そこで折り重なっていた。

床――なのだろうか。

あたりは一面、真っ白で柔らかなものに覆《おお》われていた。

柔らかといっても、ふわふわと弾むような柔らかさではない。ソナンは片膝《かたひざ》を立てた格好ですわっていたが、尻《しり》も脚も、からだの重みにつぶされている感じがしないのに、しっかりと安定していた。

色合いも、目を射るような純白というわけではないのに、濁りがない。表面はでこぼこしているのに、どこにも影が落ちていない。

そんな不思議な〝床〟のほかには、壁も天井も見当たらなかった。ぐるりと首をめぐらせても、目に入るのは青空ばかり。

もしかしたら、ここは雲の上なのだろうか。

だとすると、目の前にいるのは、人ではなく、神なのか。

そんな気はしなかったが、髪がおそろしく長いところは、寺院に飾られている神の像と共通している。

「こんなに淡々と死を受け入れる人間は、めずらしい」

神かもしれない存在に話しかけられているというのに、ソナンの心はあいかわらず、しんとしていた。何がどうなっているのか、状況をつかまなければと思うのだが、頭がまるで働かない。それでいて、あせりももどかしさも感じない。しんとした心は空っぽで、そこにはもう、長い廊下も残っていなかった。

「おもしろいから、好きなところにおろしてやるよ。別の場所でも、おまえはそんなふうなのか」

神かもしれない存在は、あぐらの膝頭の前あたりで、片手をさっと動かした。その部分の床が消えて、ぽっかりと穴があき、下のほうに青と白以外の色が現れた。その色につられてソナンは、穴の縁に両手をついて、のぞきこんだ。

広い草原が見えた。羊の群れと、それを馬で追う人々がいる。

では、ここはやはり雲の上なのか。

いや、ちがうだろう。空から見下ろしているのなら、羊は背中しか見えないはずだ。人は頭しか。

けれども、ソナンには馬上の人物の顔が見えた。彼らが、ソナンに理解できない言葉で話しているのが聞こえた。穴から風は吹き上がってきていないのに、草の匂《にお》いを感じた。そのうえいつのまにか、馬上の人々を近くからながめていた。

肌は褐色で、髪は漆黒。目鼻立ちも服装も馬具も、ソナンの見慣れたものとは異なっている。

やがて男たちは、草葺《くさぶ》きの小屋がいくつかかたまっている場所に到着した。小屋の手前に焚火《たきび》があり、女たちがまわりにすわって何かしていたが、男たちの乗った馬が近づくと、立ち上がって迎えた。

女たちは、こんな場所でどうしてそこまでと驚くほど豪華な衣装を身につけていた。全体にうっすらと砂ぼこりを浴びているから、普段着のようだが、ある者は赤、別の者は黄色を基調に、緑や黒が複雑に混じり合った布地は、きっと織り上げるのにずいぶん時間のかかるものだろう。

羊は小屋の近くで散り散りになった。男たちは馬から下りると、女たちを抱擁した。一人が決まった一人をというのでなく、相手を替えて何度も、長い抱擁が繰り返された。その横で、羊の皮でつくったような簡素な衣服を身につけた子供たちが、馬の世話をしていた。

突然、風景がぶれて、草の匂いが消えた。

ふたたびはっきりと見えるようになったとき、ソナンは家並みを見下ろしていた。彼の目には馬小屋のように映る木造の小さな家が、急斜面にびっしりと並んでいた。こんなにたくさん家が集まっているのに、大きな屋敷とか寺院とか城塞《じょうさい》のようなものは見当たらない。どれも似たような小ささだ。

町並みが坂にそって広がっているため、道路はすべて階段だった。けっこうな勾配《こうばい》なのに、若者だけでなく老人や子供も、軽やかな足取りで上り下りしていた。男も女も似たような、丈の短い筒のような衣類を身につけている。男も女も子供さえも、たくましい脛《すね》をしていた。

風景が、またぶれた。

海が見えた。

もしかしたら、湖か、ものすごく広い川かもしれない。とにかく穏やかな波に洗われている砂浜だ。

腰のまわりに布を巻き付けただけの、ほとんど裸体の男たちが、網を引いていた。網の中で、たくさんの魚が跳ねていた。光っていた。

男たちは、網を引きながら歌っていた。風のうなりのような抑揚の、不思議な響きの歌だった。

風景がぶれて、変化した。

ソナンの目の下に広がっているのは、石造りの街だった。ただし、彼の生まれ育った都市とは似ていない。黄土色の石を積まれて造られた建物は、窓や入り口らしきものがあるので家だとわかるが、ほとんどの壁が曲線を描いていた。

窓の多くは、板でふさがれていた。これでは室内がずいぶん暗いのではと思ったとたん、家の中が見えた。

やはり暗かったが、案じたほどではなかった。屋根と壁の間に隙間《すきま》があって、光がいくぶん入ってきていた。

壁ぎわに、箪笥《たんす》とおぼしき家具が並んでいた。部屋の中央には茣蓙《ござ》のようなものが敷かれており、その上で、十人ほどの男女が眠っていた。

室内に寝台がなく人々が床の上に寝ていること、昼間から大勢で眠りこけていることに、ソナンは驚いた。

視界がふたたび屋外のものになった。

街路はがらんとしていた。陽光がまぶしく、影はおそろしく濃い。

人気のない石畳の街に、動くものがあった。建物の短い影から影へと飛び移るように、一人の男が進んでいる。白い衣服は、汗でぐっしょりと濡れていた。男は、足早に飛び込んだ濃い影の中で大きく息をつくと、額の汗を袖《そで》でぬぐったが、すぐまた次が噴き出した。

この街はよほど暑いのだなとソナンは思った。それで、昼間はみんな寝て過ごし、涼しくなってから活動するのだろうと。

風景がぶれて、海が現れた。

今度こそ、海だった。陸地はどこにも見あたらない。

けれどもきっと、どこかの広い内海なのだろう。波が静かで、海面は穏やかだ。凪《な》いだ海原を、船が一隻《せき》進んでいた。ソナンがどんな書物の挿絵でも目にしたことのない形の船で、舳先《へさき》がほとんど尖《とが》っておらず、上から見ると長方形に近かった。広い甲板には、縦横に綱が渡されて、たくさんの洗濯物がはためいていた。さまざまな衣類が気持ちよく風を受ける中に一本だけ、にゅっと聳《そび》える帆柱には、まるで洗濯物に影を落とすのを遠慮するみたいにきっちりと、大きな帆がくくりつけられていた。

帆柱の下で、女が胸を大きくはだけて、赤ん坊に乳をやっていた。ソナンは気恥ずかしくなって目をそらし、少しのあいだ白い床で目を休めた。それからふたたび穴をのぞくと、そこにはもう、海も船も洗濯物もなくなっていた。

見えるのは、広い平原。その中に、低い岩山がまばらに立ち並んでいる。山と山の間はすべて畑のようだが、作物は、ソナンが見たことのないものばかりだった。山々の赤茶けた岩肌に、いくつもの穴があった。穴のまわりは細密な彫刻で飾られている。

襞《ひだ》をたっぷりとった茶色の布を身にまとった三人の老人が、穴のひとつへと向かっていた。ソナンのながめる光景は、この三人とともに穴の中に入った。

内部は、つやつやしたタイルで覆われた四角い部屋になっていた。タイルが光をよく反射するため、入り口から差し込むわずかな陽光と小さな蠟燭《ろうそく》ひとつで、隅々までが明るかった。

室内には長細い机があり、すでに数人が席についていた。入ってきた三人は、空いていた椅子《いす》にすわった。

そのまま全員でじっとしている。机の上には何ひとつ置かれていない。書物も、飲食物も、手仕事の道具も、双六《すごろく》の盤も。

ソナンには、彼らがここで何をしているのか、さっぱりわからなかった。

それからも、たくさんの風景、たくさんの暮らしをながめた。

雪に閉ざされた山中に住む人々。高い塔が立ち並ぶ都市。道路よりも水路のほうが多い、橋だらけの町。

草木の乏しい山地で、偃月刀《えんげつとう》を持った兵士の集団が、もうひとつの同じような集団と、血みどろの戦いを繰り広げている光景も見た。仮面をつけて踊り狂う人々。広い畑で黙々と働く大勢の男女と、それを監視しているらしい鞭《むち》を持った男たち。学校だろうか、同じ年頃の少年たちが、まじめくさった顔で、ソナンにわからない言葉を唱和している様子もながめた。

「世界はいろいろだろう」

声がした。

ソナンは顔を上げて、目の前の男――もしくは神を見た。

あいかわらず、微笑んでいた。

微笑みの見本のような、純粋な笑みだった。こんなにまじりけのない表情は、人間にはつくりえないとソナンは思った。

たとえば教師が「世界はいろいろだろう」と微笑んだなら、その顔には、自分のほうが物事をよく知っているという満足感とか、知らないことを教えてやろうという親切心とか、知識の乏しい相手への哀れみや蔑《さげす》みといった気持ちがにじみ出ているものだ。

酔って喧嘩《けんか》相手をさがすソナンに向けられる微笑みは、「あなたに危害を加える気はありません。あなたも私をほうっておいてください」と語っていた。近衛隊《このえたい》の上官の微笑みには、このやっかいな相手をどう取り扱おうかという困惑が漂っていた。

強い愛情を放ちつつ、私を嫌わないでと哀願しているような微笑みもある。やれるものならやってみろと挑発してくる微笑みもある。軽蔑《けいべつ》とか悲しみを包み込んでいるものも。

とにかく微笑みとは、何かの感情にかぶせる衣装であるはずだった。

ところが、いまソナンがながめている微笑みは、本人が楽しんでいるということだけを示しており、どんなに勘繰ろうとしても、それ以外のいかなる気配も存在しない。あなたを助けてあげますという優しさも、おまえのことなどどうでもいいという冷淡さも。

それでソナンは、目の前の相手は人間ではないと確信した。こんな表情は、人間につくれるものではない。

純粋な微笑みは、見る者に自由を与えてくれる。何の感情も発信されていないなら、相手の思惑を読み取る必要も、気にする必要もないからだ。

ソナンは、働かない頭を無理に働かすことなく、言われたことばを復唱した。

「世界はいろいろ」

そのとおりだと思った。

次々に現れた風景は、地形や気候、家の造りや人々の服装、肌の色や顔の造作がちがうだけではなかった。

ある場所では、誰もが、両手両足を激しく動かす大きな身ぶりとともに話していたが、大事件が起こったとか、言い争っているとかでなく、どうやらそれが普通のことのようだった。

別の場所では、人々が妙な歩き方をしていた。右足を前に出すとき、左手でなく右手を、左足を出すときには左手を、前に運んでいたのだ。ソナンがそんな歩き方をしたら、きっと転んでしまうだろう。しかしそこでは、誰もが自然にそうしていた。

どこでも人は、食べたり飲んだり、歩いたり走ったり、しゃべったり笑ったり怒ったり、働いたりのんびりしたり争ったりしていたが、それぞれの動きにともなう雰気というか「あり方」が、驚くほどさまざまで、ソナンが常識だと意識することさえなかった常識が、次々にくつがえされた。

「気に入ったところはあったかい。どこにでもおろしてやるよ」

「どこにでも」

無意識に復唱すると、ソナンの胸がどくんと鳴った。

そう、彼の心臓は動いていた。鼻は、息を吸ったり吐いたりしていた。ここは雲の上だとしても、死後の世界ではない。

それに気づくと同時に、はっと顔がこわばった。こんなところでのんびりしている場合でないことを思い出したのだ。

タハル。
彼女はどうなった。
どうして忘れていたのだろう。
いや、忘れたのでなく、あきらめていた。何もかも、もう終わったのだと。
けれども、ソナンは生きている。死の直前で救われたのか、一度死んでから甦《よみがえ》った
のかわからないが、そんなことはどうでもいい。目の前に、人間業でない力をもった
何者かがいる。大事なのは、そのことだ。
神、ではないのかもしれない。
神は、正しく生きている人間が正しい手順で祈ったとき、願いを叶《かな》えてくれるのだ
と、ソナンは理解していた。自分が、神に誉《ほ》めてもらえるような生き方をしていなか
ったことも。
とはいえ神は、人の望みを叶えるために存在しているわけではない。
反対に、神こそすべての源で、あらゆるものは、神のために存在する。
なぜなら、命のあるものも、ないものも、すべては神によって創《つく》られた。だから人
は、神に従わなければならないのだ。
神が命じるとおりに――すなわち、神の代理人たる王や寺院の長老たちが指示する

ように生きねばならず、人々が正しく生きることにより、星も季節も正しく巡り、この世の安定がたもたれる。

神の望みに従って正しく生きた人間は、そのご褒美《ほうび》に、この世の生を終えた後、〈永遠に安らげる場所〉に行くことができる。けれども、神に罪人だとみなされた者は、裸になって、太陽を動かすための荒縄を引かねばならない。

この苦役には、休息がない。太陽は、夜のあいだも見えない場所で動きつづけて、日の出の場所に戻らなくてはならないからだ。

休みなく、太陽の熱が肌を焼き、ささくれた縄は皮膚を裂き、重荷はからだじゅうの肉に悲鳴をあげさせる。そうやって、苦しんで、苦しんでかく汗がわずかずつ、魂のにごった部分を削っていき、いつかすっかり浄化されるまで、歩みを止めることはできないのだ。

その日が来れば、いっさいの苦しみから解放されて、心正しい人たちの仲間入りができるのだが、苦しみの汗が魂を浄化するさまは、雨垂れが石を穿《うが》つのに似て、気の遠くなるような時間がかかる。何十年、何百年、伝説の大悪人の場合などは千年を超えるほども、熱病にかかったまま馬の代わりに馬車を引くような苦役が続くのだ。

かつて人は、いかに生きるべきかを知らなかったから、多くの者が死後に苦役についたという。けれども、神の代理人たる王がこの世を治めるようになって、国に秩序が打ち立てられた。悪人の数は減っていった。太陽の引き手の数も少なくなり、やがて一人もいなくなる日が来るだろう。
すると、太陽は動きを止める。永遠の昼が訪れて、この世と安らぎの場所がひとつになる。闇《やみ》と寒さのない、正しい人ばかりの世界で、あらゆる者がとこしえに、幸福に暮らせることになる。

悲惨なのは、その直前に苦役についた悪人である。わずかな人数で——最後にはたった一人で、太陽を動かさなければならないのだから、その苦しみは、人が想像しうる苦しみの何百倍、何千倍、何万倍にもなるだろう。

そう教わった幼い日、ソナンは心底おびえたものだ。けれども、近衛隊で遊びを覚えはじめたとき、この脅しは何の歯止めにもならなかった。

そもそも、楽しいことを考えるとき、ソナンの頭には、先のことなど浮かばなかった。屋敷を抜け出すときや勤務をさぼるとき、見つかったらどうなるかが考えられないのに、何十年先になるかわからない死後のことが、考えられるわけがなかった。寺院での礼拝のおりなどに、幼い頃に聞いた脅し文句が頭をよぎることはあったが、最悪を心配する必要はなさそうだった。なにしろ、太陽の引き手候補は、どう考えてもまだ山ほどいる。

それに、近衛隊で遊びを覚えるようになる前から、ソナンには、夜のない世界が楽園だとは思えなくなっていた。夜には、昼とちがった魅力がある。太陽が沈んだあとの闇の時間を恐れるのは、大昔ならいざ知らず、いまでは小さな子供だけだ。

太古には、夜はきっと、さまざまな脅威をはらんでいた。徘徊《はいかい》する獣。忍び寄る冷気。闇に乗じて襲ってくる盗賊。ろくな灯や住居をもたなかった昔の人々にとって、夜とはなくなってくれればありがたいものだったにちがいない。

つまり、いつか永遠の昼が訪れるというのは、そんな時代の人たちの願望が生んだおとぎ話。夜が歓楽の時となってからも、幼い子供をしつけるために語り継がれているだけなのだ。

そう考えるようになったソナンだが、神の存在を疑いはしなかった。

ただ、無関心になった。川底へと沈みながら「死ぬのだな」と思ったときにも、神の裁きをおそれる気持ちにならなかった。

それは、いまも変わらない。

いくらソナンが、さんざん言われてきたように、軽薄でいい加減な人間でも、実際に神を目の前にしたら、少しはおそれる気持ちになるはずではないか。ところが、父親や教師、聖職者や上官を前にしたときの固く身構えるような心情も、居酒屋の親父《おやじ》や防衛隊の仲間といるときでさえわずかに生じる警戒心も、まったく芽生えることがない。

ひとりでいるときよりも、くつろいでいられる。

おそらくそれは、目の前の相手が、どんな罪も裁きはしないし、どんな過《あやま》ちもとがめたりしないと思えるからだ。

やはり、神ではない。

裁くことからこんなに遠い神は、ありえない。

けれども、人間業でない力をもっていて、ソナンを好きな場所におろしてくれると言っている。大事なのは、そのことだ。

「どこでもいいなら、元の場所に。戻らせてくれ。お願いだ」

金の瞳に懇願した。紙幣は失われてしまったが、タハルを救う方法は、きっとまだある。

ところが、目の前の顔から微笑みが消えた。

「あそこに戻るなら、おまえは川の底だ」

きっぱりとした口調だった。拒否や拒絶ではなく、動かすことのできない事実を告げているというような。

それで、ソナンは理解した。やはり、すべては終わってしまったのだと。命を顧みずにおこなった最後のあがきは、何の役にも立たなかった。

彼は、金を届けることに失敗した。タハルを救うことに失敗した。

それはもう、誰にもどうにもできない過去の出来事になってしまったのだ。

ソナンの心に生まれた希望は、水の泡のように、あっというまにはじけて消えた。

「いいじゃないか。ほかにもこんなに、おまえの知らない世界がある。その中から、行きたいところをさがせばいい」

あらためて浮かんだ微笑みに、本人が楽しんでいるという以外の感情が初めてのぞいた。ソナンの勘違いでないなら、それは同情、もしくは親切心。

その親切を無下にしたくなくて、ソナンはふたたび穴をのぞいた。

素焼きの瓦《かわら》に土壁の家が並んだ、小さな集落が見えた。土ぼこりのたつ道を、おだやかな顔つきの人たちが、ゆったりと歩いている。

生きた鶏を入れた籠《かご》を、両手で抱えて休んでいる女。水桶《みずおけ》を担《かつ》いだ男。手押し車で薪《まき》を運ぶ子供たち。誰一人、急いでいない。

風景がぶれて、変化した。

まばゆい尖塔《せんとう》が、空を突き刺そうとするかのようにそびえている。塔の屋根は、どこもかしこも金ぴかだ。もしかしたら純金で葺かれているのかもしれない。塔の周囲を埋める建物は、青銅色の屋根のあちこちを煌《きら》めかせている。宝石か、それに近い輝きの石がはめ込まれているようだ。

家々の庭は花でいっぱいだった。池のある庭に、一組の男女が寝そべっていた。二人の下には、黄金色の毛皮が敷かれている。彼らは互いのからだを愛撫《あいぶ》していた。少しはなれた場所に太い腕をした男が立ち、巨大な扇を動かして、二人に風を送っていた。

風景がぶれて、変化した。

木の生い茂った山奥のようだ。時刻も、さっきの風景は真昼のものだったのに、夕方へと変化している。

道のない山の斜面を、十数人の男女が、顔が地面にくっつくほどに身を屈《かが》めて登っている。時々片手を伸ばして何かを拾い、背中に負った籠に入れる。

風景がぶれて、変化した。幾度も変化した。ひとつの風景をながめる時間はどんどん短くなり、そこで暮らす人の姿をろくに見ないうちに、ぶれてしまうようになった。

その原因が自分にあることを、ソナンは知っていた。

彼が興味をもてば、人々の表情や建物の内部まで詳しくながめることができる。興味が薄れると、風景がぶれて、別のものに取ってかわる。

最初ソナンは、物珍しさから、どんな景色にも興味をひかれた。しかし、次々に異なる場所を見るうちに、驚きが失《う》せ、ついにはどんな世界にも関心を抱けなくなった。飽きたのだ。

人々の暮らしは場所によりさまざまだが、どこにおろしてもらっても、変わらないことがひとつある。

そこにソナンが存在するということだ。

ソナンはどこで暮らしても、軽薄で、まじめに物事に取り組めないのではないだろうか。万が一、必死になれるものを見つけても、きっとまた、最後の最後で失敗する。そして、大事な人を不幸にする。

そんな気がしてならなかった。

新しい世界などいらない。

彼はもう、飽きたのだ。

生きることに。

こうして珍しい風景をながめることにも完全に飽きたら、こう言おうと決めた。

「川の底でいい。元の場所に戻してくれ」

それが、彼の中に残った、たったひとつの願いだった。

ソナンののぞく穴からは、黒々とした濃い緑の森と、草一本生えていない平地が見えていた。平地の、森からやや離れたところに、大きな二重の円があった。

外側の円は、人と天幕で出来ていた。

万を超えるのではないかと思えるほどの男たちが、武器を持って整列したり、後ろのほうでごろ寝をしたり、車座になってすわったりしており、その合い間に立つ四角《しかく》錐《すい》の天幕とともに、大きな輪をかたちづくっている。

その輪から馬を一鞭走らせたほどの距離をおいた内側に、もうひとつの円があった。

こちらは、ぶ厚い岩の壁だ。

高さは人の背丈の五、六倍、厚さは両手を伸ばしたほど。上部にぐるりと木の柵《さく》がめぐらせてあり、柵にあけられたのぞき穴に向かって、ぽつりぽつりと、痩《や》せこけた男たちがすわっていた。

岩壁の内側は平らな広場となっており、そこに豪華な天幕が張られていた。

天幕といっても、屋敷と呼んで差し支えない形と大きさだった。支柱は、細いが丈夫そうな丸太で、壁も天井も白い布がぴんと張られたもの。それが長く複雑につながって、全体として、ところどころに中庭の配された大きな正方形を構成し、平屋の大邸宅といった観になっていた。

天幕屋敷の外庭にあたる場所で、きらりきらりと光るものがあった。

見ると、一人の男が剣を振るっていた。長くて幅の広い刀を、高く構えては振り下ろす動作を繰り返している。

骨格はがっしりしてみえるが、そんな運動をしないほうがよさそうなほど痩せており、顔色も悪かった。

けれども表情は静謐《せいひつ》で、剣先の描く線は揺るぎがなく、手足の動きは鋭かった。

外庭の別の一画で、三人の男が、地面にすわって弓の手入れをしていた。互いに口をきくことなく、黙々と作業している。

やがて一人が立ち上がり、天幕の中に入っていった。ソナンのながめる光景も、男とともに白い布の下へと移った。

男は、まっすぐな通路を歩いていく。狭くて窓もないが、天井と壁が布だからか、圧迫感は受けなかった。足下は板敷きで、男の歩みとともにきゅっきゅっと鳴った。快い音だとソナンは思った。

そういえば、もうずいぶん長く、この世界をながめている。これまでのように、すぐにぶれてしまわないのは、こうした小さな心地良さが、ソナンの関心をつなぎとめているからかもしれない。

男は通路で、背の高い人物とすれ違った。言葉を交わしあうことはなかったが、二人は互いに優美なしぐさで挨拶《あいさつ》した。ソナンのながめる光景は、長身の男のあとを追った。

男の後頭部には、深緑色の髪でつくられただんごが三つ並んでいた。この世界にいる人たちは、誰もがこんな頭をしていたが、髪の色も結い方も、げっぷが出るほどさんざんに奇妙なものを見た後なので、特に変わっているとは思わなかった。

服装で目を引くのは、背中に、肩から太股《ふともも》までを覆う布を垂らしていることだ。この倍の広さの布なら、ソナンの生まれた地域でも、袖無し外套《がいとう》として、風除《かぜよ》けや寒さ除けに用いているが、こちらの布は、肩と同じ幅しかない。おそらく装飾的なものだろう。腰のところで軽く縛ってあるため、背中の部分は、微風を受けた帆――だとして、海戦の教科書に掲載されていた図版――のように軽くふくらみ、腰から下は、池の魚の尾鰭《おびれ》みたいに揺れていた。

男の衣服は、目の細かい、上等そうな布地で出来ていたが、垢《あか》じみていた。うっすらと、乾いた汗が発するような異臭もする。

前方に、木製の扉が現れた。男はその前で立ち止まり、何か声をかけてから、両手で戸を開け、中に入った。

がらんとした細長い部屋に、男が一人すわっていた。背もたれのない低い椅子に、足を開いて腰掛けて、背中のひれを床まで垂らしている。右脇《わき》に刀を置く台があり、見事な輝きを放つ太刀が抜き身で、すぐ手にとれるように置かれていた。

長身の男は、すわっていた男に何か言ってから、正面にある木の壁の前に腰を下ろしてあぐらを組んだ。それから、壁に向かってしゃべりはじめた。

よく見ると、男の前には、隠し扉のような目立たない引き戸があった。男はやがて、中腰になって戸を開くと、その格好のまま中に入った。


布と木が、抱き合ったまま仲良く踊っている。

そう表現したいような装飾品が、部屋の四隅に置かれていた。右手の壁の前には、犬ほどの大きさの、四つ足の動物を象《かたど》った銀箔《ぎんぱく》の像。

豪華だが奢侈《しゃし》ではない部屋の中央に、その人物はすわっていた。小さな半円形の机に向かって、書き物をしていた。

頭には深緑色の三つの髷《まげ》。背後に背幅の布をたらし、頬はこけて、顔色が悪い。それは、ほかの男たちと同じなのだが、額に、糸のように細い金属で編んだと思われる装飾品をつけていた。

その繊細な文様にソナンは見入り、つづいてその人物の容貌《ようぼう》に魅入られた。

美男子というわけではない。

鼻筋は通っていて、大きめの口は薄い唇で引き締められている。目は細く、やや吊《つ》り目で、顎《あご》が四角い。

顔貌《かおかたち》でいうなら、さっきこの部屋に入ってきた長身の男――ソナンが額《ひたい》飾りに見とれている間に、いつのまにか退出していた――のほうが整っているといえるだろう。けれどもこの人物には、匂い立つような気品があった。威厳があった。王都の貴族たちが、他人を見下《みくだ》すことで表現しようとしていた頼もしさを、一人の従者もいない中で、そう大きくもない体軀《たいく》から発していた。

欲しかったのは、これだと思った。

近衛隊への入隊で、膝をついて抜き身の剣を捧《ささ》げたとき、この気品か、威厳か、頼もしさの一部でも、間近に接した王から感じられたら、ソナンは軍務に励めていたのではないだろうか。

言い訳かもしれない。近衛隊には人品のすぐれた将校もいた。また、多くの隊員は、どんな上官のもとでもまじめに勤めていた。

けれども、幼い子供が、自分でも理由がわからないままむずかり、食べ物を与えられて初めて、ひどい空腹に悩まされていたと気がつくように、ソナンはその人物を見たことで、何に飢えていたかを知った。何を欲していたかを知った。

「ここがいい」

自分でも気づかないうちに、つぶやいていた。

「ここがいい。ここにおろしてくれ」

今度は意思を込めて、きっぱりと言った。視線は額飾りの人物に据えたままで、まばたきさえもできるだけひかえた。わずかでも目をはなしたら、このながめがぶれて消えてしまうのではと、恐れたのだ。

すると、大きなため息が聞こえた。

ソナンは用心を忘れて、思わずそちらに目をやった。空と白い床しか見えない雲の上みたいな浮世離れした場所で、純粋な微笑みを浮かべることのできる不思議な男がため息をつくなど、あまりにも思いがけないことだったのだ。

金色の瞳は、少し寂しそうに翳《かげ》っていた。

「おまえは本当に、生きるのをやめたいんだな。唯一《ゆいいつ》、関心をもったのが、全員で飢え死にするしかない籠城《ろうじょう》中の陣営だなんて」

ソナンは穴へと視線を戻した。そこから見える光景は、あの感じのよい部屋ではなくなっていたが、違う世界に変わってしまったわけではなく、彼はまだ、天幕屋敷全体を見下ろしていた。ほっとしつつも、胸が痛んだ。

「水も食料も、すでに尽きている。包囲している陣営は、降伏を許さない。援軍が来るあてもない。それを全員が知っている」

説明されなくても、ソナンにはわかっていた。

天幕屋敷の人たちはみな、飢えながら死を覚悟している。

それは、彼らの痩せ方に、顔色に、衣服もからだも長く水をかぶっていないことから生ずる乾いた異臭に、たたずまいの静けさに、はっきりと表れていた。

おそらくソナンは、その静けさに魅《ひ》かれたのだ。

飢えているのに、王都の路傍でゴミをあさる子供らのような目のぎらつきがない。希望がないのに、うつむいていない。死を覚悟しているのに、取り乱すことなく、静かに日常を送っている。

川の底に沈んでいくときのソナンの心の静けさと、似ているようで、まったく違う。

彼らは前を向いている。生きることを投げ出していない。

「その土地が気に入ったのなら、少しはなれたところにおろしてやるよ。戦禍に荒らされていない農村にでも」

ソナンは、天幕屋敷を見下ろしたまま首を左右に振った。

「ここがいい。ここしか、いやだ」

以前、近衛隊の仲間が言っていた。「きみはまだ、恋を知らないみたいだが、そういうやつにかぎって、一目惚《ひとめぼ》れしたりするんだよね」

そして、「一目惚れ」について教えてくれた。

それは、一瞬でおちる恋だという。初めて目にしたそのときに、心をぎゅっとつかまれて、その娘のことしか考えられなくなる。まだ言葉をかわしてもいないのに、その娘が欲しくてたまらなくなる。魔法のように、呪《のろ》いのように、その瞬間に、すべてがその娘を中心に回りはじめる。朝も昼も、夢の中でも、その娘のことしか考えられず、愛《いと》しい人の面影を思い浮かべるだけで、頰がほてる。実際にその姿を目にできれば、喜びが胸の中で踊りまわり、会えない苦しみは、太陽を引く苦行に等しい。

他にもあれこれしゃべっていたが、ソナンは一言も本気にしなかった。大げさな与太話だと思っていた。

しかし、嘘《うそ》ではなかった。大げさでもなかった。まさに言われたとおりのことが、ソナンの心に起こっていた。

正確には、「一目惚れ」とは違うのかもしれない。若い娘への恋ではないから。けれども確かにソナンの心は、この天幕屋敷全体と額飾りの人物につかまれていた。「心をつかまれる」という表現は、ただの比喩《ひゆ》だと思っていたのに、肉体にはっきりとそう感じる。

「困ったなあ」

ぼやき声が聞こえたが、ソナンはもう、驚いてそちらを見たりしなかった。

朱《あか》い髪の男は、人ではないが、神でもない。ソナンを川の底からこの不思議な場所へ連れてきたように、人智《じんち》を越えた力をもつが、何でもできるわけではない。ため息もつけば、ぼやきもする、人間以上に人間くさい面をもった何者かだ。

そして、ぼやいているということは、彼がその力でもって、ソナンの「一目惚れ」を引き起こしたわけではないのだろう。これは、自然に生まれた感情なのだ。

そう思ったら、眼下の風景がますますいとおしくなった。

見つめていると、天幕屋敷がふたたび近づき、天井を抜けて、部屋の内部が見えた。さっきとは別の、無人の部屋だった。簡素だが地味ではない室内のこの設《しつら》えも、心をとらえたひとつだと、ソナンは思った。

そうして、人がいたりいなかったりする部屋や通路をながめていった。いくら見ても見飽きなかった。

やがて、これまでと趣の異なる部屋に出た。床が大きな織物に覆われているのだが、その模様も見えないほど、室内は布であふれていた。

まず、床に寝具が二組み延べられている。それぞれに、痩せ細った女性が横たわり、枕元《まくらもと》には、裾《すそ》が周囲に広く落ちる、布地をたっぷりと使った衣装を身につけた女性がすわっている。寝具からはなれた場所にも、同じような服装の女性が五、六人、布を手に針仕事をしていた。

横たわっている女性はどちらも、唇がひび割れ、目は落ちくぼみ、顔には死相が現れていた。傍らの女性たちはその顔を、乾いた布で優しくぬぐうしぐさをしたり、手首をさすったりしている。口に含ませる水一滴ない状態での精一杯の手当てなのだろうが、そうやっている本人も、横になったほうがよさそうな顔色だった。

それは、針仕事をしている女性たちも同じだったが、誰もが泰然としていた。死相を浮かべつつも、嘆かず、慌《あわ》てず、手を動かしている。

死相以上にソナンの目を引いたのは、女たちの大半が、額飾りの人物に似かよった顔立ちをしていることだった。そのうちの一人、隅のほうにいる青い衣装の人物に、ソナンの目は吸い寄せられた。

　そのまま視線をはずせなくなった。

　ずっと探していた人に会えたような気がした。それでいて、かつて想像もしなかったほど大切な宝を見つけたようにも感じた。

　やがて、胸が苦しくなってきた。たまらなくなって、目をつむった。それから、頭を起こして、朱《あか》い髪の男に顔を向けた。

「お願いだ。ここに行きたい。ここで生きたい」

「困ったなあ」

　相手は首を傾けながら片膝を立てて、頭をかいた。

「お願いだ。すぐに死ぬのでもかまわない。ここに行きたい」

　朱い髪の男は、さっきよりも深いため息をついた。しかしすぐに、とびきりのいたずらを思いついた少年のような笑顔になった。

「まあ、いいや。こうして拾っちゃったわけだから、そこまで言うなら、そうしてやるよ。ただ、このまま死ぬしかないってのは、おもしろくない」

　男の手の中に、黒い棒が出現した。ソナンの腕の長さほどもあり、中途半端《はんぱ》に挙げられた手のように、半分よりやや下あたりで斜めに折れた形をしている。

「これをやる。言葉と格好も何とかしよう。だけど、それ以上はないからね。あそこにおりたら、その先は、何もしないし、できないから、おまえは人間の限界の中で、好きなように生きればいい。どうせ、あっという間の人生だ」

夕焼けのような朱色の髪に囲まれた顔に、純粋な微笑みが浮かんだ。目の前に、黒い棒が差し出された。それを握ったとたん、何も見えなくなった。

神は気紛《きまぐ》れ。

為《な》すことは、すべて戯《たわむ》れ。

そのふるまいは、規模や頻度からみても、人の目に不可解にうつる。銛《もり》の一突きのような、小さくとも鋭い奇跡によって社会に激震をはしらせたかと思えば、驚天動地の出来事なのに、暮らしに影響することなく、ただの語り草におわる不思議を顕示する。人々がその存在を忘れかけるほど長く沈黙をたもったかと思えば、たてつづけに御業《みわざ》を見せつける。

神は結果に頓着《とんじゃく》せずに、思いのままにただ舞っているのだろうか。その舞いの起こす風が、人の世に、〈奇跡〉と呼ばれる現象を引き起こしているだけなのか。

だとしたら、神は大自然に似ている。

自然は、人類に大いなる恵みを与える一方で、災害も引き起こす。恵みの与え方も、時や場所や人間の努力や善悪によらずに変化する。

それだから人は、自然を畏《おそ》れ、敬ってきた。祈ってきた。時には神と同一視した。

けれども、時間をかけてよく見ると、自然は気紛れなどではない。風の向きひとつとっても、季節や前後の天気と関係している。人の目には理不尽で唐突にうつる大災害も、記録をつけていくと、とてつもなく長い周期で繰り返されている現象だとわかる。

そのうえ自然は神のように、人の形をとって人類に接することも、人間の言葉で語りかけることもない。

似ているが、違うのだ。自然と神は。あまりに強大で、人が祈らずにいられないのが同じなだけで。

そして、祈っても無駄なことも、共通している。

神は、人が永遠に理解できない気紛れで動く。

自然は、人がすでに解き明かした理《ことわり》と、まだ解き明かしていない理に従っており、思念や言葉がその流れを変ずることはない。

祈りは、何の役にも立たないのだ。

それでも人は祈ってきた。自然の力の偉大さや、神の力の奇怪さを前にして、祈らずにはいられないから。

長雨が、川の氾濫《はんらん》を引き起こす前にやむことを願って、人は祈る。

実りの豊かさを求めて、祈る。

重病の床にある我が子の回復を冀《こいねが》って祈る。

恋しい人に振り向いてもらいたくて祈り、憎い相手に死の罰をもたらしたくて、祈る。


あまりにたくさん祈るので、自然や神がその祈りを聞き届けたかのようにみえることがある。特に、神の気紛れが引き起こす事象は、人の目にはっきりと常ならぬ力を見せつけるから、誰かの祈りと結びつけやすい。

その結果、叶えられたようにみえる祈りの形が真似《まね》をされ、その形式を守るための組織がつくられ、宗教となった。神には名前が与えられた。

交流の大きい地域では、宗教も神の名も似通った形で発展したが、地理的条件から断絶した時期の長かった国々では、異質なものに育っていった。

けれども、神の姿は共通している。

神は、背の高い青年だという。身の丈の三倍はある、長くなめらかな髪を、腕に抱えていたり、足下にとぐろをまかせていたりするという。

髪の色は、証言によりまちまちだ。白に近い金色だとか、朱色であったとか、まぶしくてよく見えなかったとか、まるで太陽のように時と場合で変わるようだ。

そして太陽のように、天上にいるらしい。神に会ったという者たちは、気がつけば雲の上にいて、そこで対面したと口をそろえる。

自然の偉大さを前にするとき、人の心には常にない畏怖《いふ》が生じる。ところが神の場合、反対のことが起きるようだ。姿を目にしたとたん、それまで抱いていた敬い恐れる気持ちが消えて、親しい友人に相対しているかのように、くつろいで向かい合えるというのだ。

不可思議なことだが、その不可思議さこそ、神らしいといえるのかもしれない。

しかし、どんなに親しく語り合えても、友にはなれない。なぜなら、神は一度干渉した人生に、二度と関わることがない。顔を見るのも、奇跡に助けられたり翻弄《ほんろう》されたりするのも、一度きり。多くの事例を検証すると、はっきりとそうみてとれる。神から直接その旨《むね》を告げられた者もいる。

そのことから、こんな説がささやかれた。

もしかしたら、神は観察者なのかもしれない。

この惑星に生命が誕生し、さまざまに進化していくさまを、たったひとりでながめてきた。やがて人類が出現して〝文明〟を築いていったさまも。

ながめつづけて退屈になると、指先でちょいとひとりを呼び寄せて、その身の上に一度だけ、自然の理ではありえない何事かを引き起こす。それが観察者に許された、ただひとつの退屈しのぎ――。

神との直接の対面から、そんな印象を受けたという者が、国や宗教の境を越えて存在する。同じ思いを抱きながら、世間を騒がせるのを恐れて口をつぐんだ人間は、さらに大勢いるだろうとも言われている。

しかし、そうだとすると、「許された」とは誰からの許しか。

人々が神とあがめる存在の上位者、人類には直接感知することのできない本物の「神」が、どこかにいるというのか。

そして人は、その至高の存在から、どんな恩恵も懲罰も受けることなく、観察者の退屈しのぎの戯れを「奇跡」と称して騒いでいるだけなのか。

それとも、本物の「神」など存在せず、観察者もまた、まだ解明されていない自然の理の一部なのか。

そんな疑問を抱く者も、抱かない者も、神をあがめて敬虔《けいけん》な日々を送る人も、宗教をせせら笑って放埒《ほうらつ》に生きる人間も、多くは神の奇跡に出合うことなく一生を終える。

そうして、懸命だったり、怠惰だったり、地道だったり、波乱万丈だったりする人生が、無数に織り合わされて、歴史となる。

その長大な織物において、神の指跡は、ぽつりぽつりと散った微細な点にすぎない。数が少なく、散り様がでたらめなため、模様にもなりえていない、まばらな異物。

けれども、でたらめゆえに、ひとつくらいは、神から人への慈愛の雫《しずく》のように見えるものも、ないではない。

4

「ご主人様あ、大変です。とんでもないことが起こりましたあ」

陪臣《ばいしん》の池人《いけんと》が、袖口《そでぐち》の紐《ひも》の端をはためかせながらやってきた。

日課の素振りを終えたばかりだった雪大《ゆきんた》は、それを見て、我知らず口もとをほころばせた。

父の跡を継いで鷹陸《たかりく》の督《とく》となった七年前から、側で支えつづけてくれた頼もしい存在である池人だが、突発的な珍事に弱い。鷹陸の居城にいたときにも、よくこんなふうに、大声をあげながら走ってきたものだ。

時間がふっとあの頃に戻ったようで、懐《なつ》かしさに胸がじんわりした。

若くして家督を継いだ雪大にとって、日々は安穏としたものではなかった。むしろ、一滴もこぼしてはいけない貴重な香油に満たされた瓶《かめ》を、頭に載せてそろりそろりと運んでいるような、緊張と苦悩の連続だと、あの頃は思っていた。

だが、今からみると、なんと平和で希望に満ちた日々だったことか。

「大変です、雪大様。どうか驚かずに聞いてください」

そばまで来て片膝《かたひざ》をついた池人は、あの頃と同じせりふを口にしたが、その面《おもて》には、あの頃と今との違いがはっきりと表れていた。

走ってきたときにはいつも、赤ら顔をいっそう赤くしていたのに、目の前の顔は、血色が悪く、ふくよかだった頰はこけ、あわてたときに必ず口から飛ばしていた唾《つば》も見当たらない。

飛ばす唾などわくはずもないなと、雪大は、自分の口の中を舌でさぐりながら思った。舌も口も乾きすぎて、うっかり強くこすったら、ひび割れてしまいそうだ。

「驚かないから、教えてくれ。何が起こった」

唾のわかない口に生まれた懐古の情を飲み込んで、報告を促した。

いい話でないことはわかっていた。池人があわてふためくのは、悪い知らせのときだけだ。彼らのおかれた状況で、さらに悪いことなど考えられなかったが、おそらく、ついに誰かが取り乱して、奇矯なふるまいに及んだとでもいうのだろう。もしかしたら、飢えの苦しみに耐え兼ねて、勝手に自害した者が出たのかもしれない。

そうであっても無理はないと、雪大は思った。彼自身、時々、冷静でいるのがむずかしくなる。

こんなはずではなかった。

彼らはこの計略で、決定的な勝利を得られるはずだった。

六樽《むたる》様ご一家と配下の主だった督が、重要な儀式のためにひとつの砦《とりで》に集まる。この動きは、めくらましを用いながらの隠密のものだったが、するどく嗅《か》ぎつけた香杏《かあん》は、大軍を率いて逆猪川《さかい》を越え、砦を包囲した。

香杏はきっと、砦を囲みおえたとき、確信したにちがいない。これで六樽を滅ぼせると。

なにしろ、砦内の人数では、どう戦っても包囲する大軍に勝てはしない。それぞれの領内に残してきた軍勢は、率いる者がいないと動けない。そして、率いることのできる者は、砦に閉じ込められている。

香杏がおびき出されたのも当然の、敵にとって千載一遇の好機だった。その好機を、こちらのものにひっくり返せるはずだったのに、誰も予想のできなかった不運により、仕掛けた罠《わな》が見せかけのものではなくなった。香杏の確信が裏切られるあてはなくなり、雪大らには、死以外の出口がなくなった。

彼らとて、それをすんなり認めたわけではなかった。まさかの不運がわかってからも、打てる手立てを考え尽くし、できることは何でも試みた。

その結果、選べるのは死に方だけだということに、疑問の余地がなくなったのだ。

七日前に会議が開かれた。

いかに死ぬかを決めるためだ。

考えられる道は、三つあった。全員で一斉に自害するか、息絶えるまで籠城《ろうじょう》を続けるか、奥方様らには自死していただき、男どもは全員で出陣して、敵の刃《やいば》に倒れるか。どの道を選んでも、六樽様とその勢力下の名家がすべて、これで終わりになるのだから、恥ずかしくない最期《さいご》を迎えなくてはならない。最も名誉を守れる道はどれか、議論が重ねられた。

全員で自害するのは、いちばんたやすく、つまりは称《たた》えられることの少ない道だ。最後の最後まで意志を強くもたねばならない籠城死を選ぶべきだという意見が、最初のうちは優勢だった。

香杏の連中が、砦に動きのないことをいぶかしんで、おそるおそる近づき、扉を破って中に入ると、そこは死の支配する世界。見つかるのは、痩《や》せ細った亡骸《なきがら》ばかりだが、頭髪にも衣服にも乱れはなく、最後まで冷静に日常の営みを続けていたことが窺《うかが》われる。

その光景は、敵といえども見た者の心を揺さぶり、彼らの滅亡の様は、長く語り継がれることだろう。

だがこのやり方には、落とし穴がある。皆が整然と逝《い》っても、最後に残った者がその美しい痕跡《こんせき》を乱してしまえば、台無しになる。そして、雪大にしても他の督たちにしても、自分が最後の一人となったとき、絶対に正気を保っていられるという自信はなかった。

「討ち死にしよう」

六樽様の一言で、全員での出陣が決まった。

次の問題は、その時期だ。

すでに馬は死に絶え、その肉までも食い尽くしている。徒歩《かち》での戦となるが、このまま飲み食いしない日が続けば、いくら気力をふりしぼっても、走ることも、思うように剣を振るうこともできなくなるだろう。そうなってからの闘いでは、滅亡の様子が、笑い種《ぐさ》として後世に伝えられることになる。かといって、急ぎすぎれば、死への恐怖から終わりを急いだ臆病者《おくびょうもの》とみられかねない。まともに戦えるのがいつまでか、その見極めが必要だった。

すると六樽様が、とんでもない方法を思いつかれた。

「鷹陸。おまえは、毎日欠かさず、剣の鍛練として、三十三回の素振りをしている

「な」

「はい」

父も祖父もおこなっていた伝統の日課だ。この砦に来てからも、もちろん続けていた。

「それも、ひと振りたりとも漫然とおこなうことのない、入魂の素振りだ」

六樽様に、そのように認めていただくのは嬉《うれ》しいが、今さらどうしてそんなことを確認されるのか、理解できないまま雪大は答えた。

「はい。そのとおりでございます」

「では、これからも続けよ。そして、三十三回のうち一回でも、からだの衰えから思う太刀筋にならないと感じたら、そう申せ。その日に出陣する」

つまり、砦にいる全員の死に時を、雪大が決めるということだ。

いや、決めるのではなく、感じとる。だからいっそう、難しい。

これほどの重大事を任されるのは、六樽様からの信頼の証《あかし》ではあるが、「承知しました」と低頭しながら雪大は、任務の重さに、思わずぶるりと身震いした。

次の日から、素振りの前の心をしずめる時間が長くなった。

一刀必殺の剣を振るうには、ただひと振りにも、あらんかぎりの集中力を必要とする。

そこに、新たな責務が加わった。剣の運びに集中しつつ、同時に自分に問わねばならない。渾身《こんしん》のひと振りができているか。からだが気持ちについていけなくなってはいないか。

ただ「衰え」というのなら、立っているだけでだるくてからだが重いのは、もうずいぶん以前からのことだ。胸や腕も、骨の形がわかるほど肉が落ちた。それでも、剣を握れば気力がみなぎり、鷹陸《たかりく》にいたときと変わらぬ素振りができている。

それが、この日もなのか、我が身に尋ね、さらには出てきた答えに偽りが混じっていないか、確かめなければならない。一日でも長く生き延びたくて、太刀の勢いの変化に目をつぶってはいないか。反対に、この苦悩の日々を終わらせたくて、ありもしない衰えをつくりだそうとしていないか。

感情をまじえず正しい答えを出せるように、心をとぎすませようとすればするほど、おびえ心が顔を出す。これから振り下ろすひと太刀が、砦にいる人々の命を直接断つもののように感じられて、身が震える。

砦にいる人々とはすなわち、六樽様ご自身や、奥方や若君や姫君。これまでの戦いで命を助けたり助けられたりしたこともある、他の督たちとその配下の者。そして池《いけ》人《んと》をはじめとする、彼が鷹陸から連れてきた者たちだ。

そうした大切な人々の顔が、次々に脳裏に浮かび、時にはそれが死に顔に変わったりする。

雪大《ゆきんた》は深く呼吸しながら、浮かびくる面影を追いやり、おののきや動揺を退けて、心を空にする。

そうして、何とか満足のいくかたちで三十三回を終えたときには、荒馬で長い時間早駆けしたあと以上に、ぐったりと疲れているのが常だった。

けれどもこの試練も、もうすぐ終わりになるだろう。今日、地下の倉に残っていた逢真根《あまね》草がなくなった。腹の足しにはならないが、口に含んでよく嚙《か》むと水気がとれる、遠征時に水筒代わりに使われる草だ。六樽様の強いご意向により、全員に均《ひと》しく配られていたのだが、今朝のてのひら一杯ずつで終わりとなった。日課の素振りを満足のいくかたちでやりおえるのも、これが最後かもしれない。

そんなふうに考えていたところに、池人《いけんと》がやってきたのだ。

古くからの陪臣の懐かしいあわてぶりに、束《つか》の間《ま》なごやかな気持ちになった雪大だが、池人がもたらしたのは、驚かずにはいられない知らせだった。

「侵入者です。霧九《きりく》様が、あやしい男を捕まえました」

「なんだと」

雪大は、目を見開いた。

これを鷹陸の居城で聞いたのなら、「そうか」とうなずき、悠然と吟味に赴いたことだろう。しかし、この砦に侵入者など、ありえない。

どこから侵入できるというのだ。昼であろうと夜であろうと、砦に近づく者がいれば、岩壁《いわかべ》の上の見張りが気づくはずだ。何らかのめくらましで近づけたとしても、砦を囲む岩は堅牢《けんろう》で、人の手で穴をあけることは不可能だ。二つしかない出入り口は、樫《かし》で作られた二重の扉で閉ざされているうえ、扉の内には門兵もいる。残るは地中に侵入路を掘り進めるという手立てだけだが、砦は固い岩盤の上に建っている。その固さは、尖《とが》った鋼《はがね》で丸一日叩《たた》きつづけても、引っ掻《か》き傷もつかないほど。雪大が自らの手で確かめたから、人の通れる穴など掘れないことは間違いない。だいたい、そんなことができるのなら——。

「妙な男で、いま霧九様が取り調べておられます」

「どこでだ。案内しろ」

「はい、こちらです」

言いおえるより早く走りだした池人を追って、雪大も走った。

胸が苦しいほどに高鳴っていた。霧九が見つけたのは、ほんとうに侵入者なのか。この砦に見知らぬ者がいるとしたら、そうだとしか考えられないが、では、どこから侵入したのか。

それがわかれば、生きる道が見出《みいだ》せるかもしれない。

素振りの前に必死の思いで追いやった姫君の面影が、雪大の脳裏で微笑《ほほえ》んでいた。


まず鼻で、あの景色の中にいることを知った。

乾きすぎて不快さのなくなった、汗と垢《あか》の混じりあったにおい。天幕屋敷を見ているときに嗅いでいた空気が、ふんだんに鼻に入ってくる。

ソナンは土の上にすわっていた。左に首を回すと、はなれたところに高い岩壁がそびえていた。右を見ると、すぐそばに、ぴんと張られた白い布が、長い壁を作っている。

天幕屋敷だ。ながめるだけでなく、触れることができるようになったのだ。

嬉しくて、白い布に向かって右手を動かそうとしたとき、その手が固くて長いものを握っているのに気がついた。

そうだ。何も見えなくなる直前、この棒をもらったのだ。まずは、これが何なのかを調べなければと思ったが、それよりも、棒を握る手が、見慣れぬ袖口から出ていることが気になった。ソナンはいつのまにか、目の粗い薄茶の織物でできた衣服を身につけていた。そういえば、全身にごわごわとした感触がある。

袖口は、紐で細く絞られていた。腰回りにも紐がついている。どういう仕組みの衣装なのか調べようと、うつむいてきょろきょろしていると、強い光が両目を射た。喉《のど》もとに、刃《やいば》がつきつけられていた。幅の広い太刀が、顎《あご》の下で陽光を反射している。

ゆっくりと目を上げると、おそろしく長い顔の真ん中に、大きな鷲鼻《わしばな》をのせた男が立っていた。

年齢は、若くはないが年寄りでもない。三十から四十くらいか。顔色が悪く、頬がげっそりとこけている。髪は緑色で、三つの髷《まげ》に結っている。服装も、上からながめた人たちと同じようなものだったが、ソナンがあんなにも心引かれた静謐《せいひつ》さは、影も形もみられなかった。それどころか、両目を吊《つ》り上げ、殺気だった顔をしている。

男が何か大声をあげた。

聞き慣れない響きだったが、「おまえは誰だ」という意味だと、ソナンにはわかった。

答えようとして口を開けた。けれども、何を言ったらいいか、わからなかった。

言葉の問題ではない。「おまえは誰だ」が理解できたように、何かを言えば、相手に伝わる予感はあった。その予感がはずれても、しゃべることで、言葉の通じない相手だということはわかってもらえる。

だから、とにかく答えを返そうと口を開けたが、そこで動けなくなった。

「おまえは誰だ」への返事が、見つからなかったのだ。

この場所で、ソナンという名に意味はない。シュヌア家という、ソナンをずっと苦しめてきた名前さえ。

なぜなら、ここはまったく関わりのない場所での、彼の人生は終わったのだ。

つまり、彼はまだ、何者でもない。

開けた口を閉じることも、声を発することもできないまま、喉の奥からありもしない何かを絞り出そうともがいていると、鷲鼻の男の背後にぱらぱらと数人の男が現れた。「どうした」とか「何があった」とか叫んでいるようだが、一度にあれこれ耳に入ったので、多くは意味をつかむことができなかった。

新たに現れた男たちに、黒い棒を取り上げられた。鷲鼻の男が太刀をおさめ、別のふたりが、ソナンの左と後ろから刃を向けた。

「どこから来た」

太刀をおさめた鷲鼻の男は、あらためて、怒気のこもった声で質問した。ソナンはとっさに、人差指を上に向けた。それよりほかに答えようがなかったのだ。「ふざけるな」とか「ばかにするな」といったことを、男は言った。

その間にも、緑の髪の人間は次々に現れて、ソナンのまわりに人垣ができた。

誰もがぎらついた顔をしていた。考えてみたら当然だ。水も食料も尽きて、援軍の来るあてのない籠城戦をしている中に、忽然《こつぜん》と、正体不明の男が現れたのだ。

誰かが鋭く叫んだ言葉が「殺してしまえ」という意味だと、ソナンにはわかった。「敵であることは間違いない」と力説している者もいる。

考えてみれば当然なのだが、まさか、こんなことになるとは。

不思議な力の持ち主に「おろしてやる」と言われたからには、すんなりと受け入れられると、ソナンは勝手に思っていた。

だが、そんなに甘くはなかったようだ。「服装と言葉は何とかする」と言っていたのは、それ以外には手を貸さないということか。

そういえば、こうも言われた。「どうせ、あっという間の人生だ」

あれは、文字通りの意味だったのか。

左と後ろからつきつけられている刃には、いまにも襲ってきそうな気配があった。

このまま殺されるとしたら、あっけなさすぎる幕切れだが、もともと一度は失った命。

あのまま川の底で息絶えるより良かったのだと、ソナンは自分に言い聞かせた。

心が一瞬、しんとした。

けれども――。

「嫌だ」と、胸の奥で誰かが叫んだ。

悔しかった。

あんなにたくさんの世界を見て、やっと心ひかれる場所が見つかったのに、その場所に来ることができたのに、あっという間に殺されるなんて。ここの人たちに憎まれて、敵だと思われ死んでいくなんて。あの威厳にあふれた人物に会えないまま、害虫のように殺されるなんて。そんなのは、嫌だ。

ふたたび口を開け、その悔しさを押し出した。

「敵、じゃない。ここの、王様に、仕えたくて、来た」

自分の声とは思えないほど奇妙な抑揚の音が出たが、そういう意味のことが言えたのだと、ソナンにはわかった。

尋問者たちは、あっけにとられたように顔を見合わせ、それから、がやがやとしゃべりはじめた。何人かはあざけるような顔になり、何人かは憤《いきどお》りの表情を浮かべている。鷲鼻の男が、不審げな視線をソナンに投げかけながら言った。

「おまえはどこで生まれたのか。これまで何をしていたのか」

この質問への答えも、ソナンは持ち合わせていなかった。どうしていいかわからなくなってうつむくと、手首で袖を絞っている紐が目に入った。

まずこれを、調べようとしていたのだ。それなのに、自分が身につけているものの仕組みもわからないうちに、こんなことになってしまった。「好きなところにおろしてやる」というからには、もう少し別のおろし方はできなかったのかと、恨みたい気持ちになって上を向いたが、頭上に雲はひとかけらもなく、空はただ青いばかりだった。

鷲鼻の男は、鋭い語気で質問を続ける。まわりの人間も口々に何か言っていたが、意味が頭に浮かぶことはなくなっていた。もともと知らない言葉だから、ちゃんと注意をかたむけないとだめなのかもしれない。

意味のわからない人声は、重なりあって、ただわんわんとうるさかった。まるで王都の露店街にいるようだと思った。もしくは、喧嘩《けんか》で混乱した居酒屋の中。急に、何もかもが面倒になった。もう、どうにでもしてくれと思った。殺すなら、さっさとやってくれ。できれば、あまり痛くないように。

投げやりな気持ちで人垣をながめていると、似たような服装のなかにもいくらかの違いがあり、三種類くらいに分けられそうだと気がついた。おそらく、三段階の身分の人間がいるのだろう。ただし、ソナンほど粗末な身なりの者はいない。

そういえば、落ち着いてものを見たのは、ここに来てから初めてだ。わんわんというような聞こえてくる声にも、気を落ち着けて、注意をはらってみた。わんわんというようなりが、意味のある言葉になった。

「調べたほうが」「……の手先に決まっている」「不可能だ」「大切なのは」

理解できない言葉もまじり、切れ切れにしか意味をとらえられないが、注意して聞いてみて、わかったことがある。

彼らは、口々にわめいているのではない。露店街や居酒屋の喧噪《けんそう》とちがってこれらの声は、無秩序に重なり合ってはいないのだ。

上からながめたときの、胸をぎゅっとつかまれる感じが戻ってきた。

彼らは、議論をしていた。

一人が話すとその周りの者は口を閉じ、短く発せられた言葉に対して、短く意見が返される。見たところ、場を取り仕切る者はいないのに、誰もが興奮しきっているのに、彼らは議論していた。

そんな光景を、ソナンはこれまで見たことがなかった。問題が起こって人が集まってきた場では、一人が命じてあとの者は黙ってそれに従うか、誰もが口々に騒ぎ立てるかのどちらかだった。議論などというものは、しゃべりすぎる者を制したり、黙り込む者を促したり、ののしりあいを止めたりできる権威をもった調整役がいて、初めて成り立つものだと思っていた。

だが彼らは、何人かずつに分かれて、それぞれに議論をしている。

鷲鼻の男の右手にいる数人は、ソナンの正体について憶測しあっているようだった。やがて一人が結論づけるように言った。

「からだに聞いてみよう」

その男が近づいてくるのを、ソナンは身を固くして待った。

何をされても、抵抗などしないでいようと心に決めた。そんなことをしても、事態を悪くするだけだ。ここは耐えて、害意のないことをわかってもらおう。

男の手が、ソナンの右手をつかんだ。持ち上げて、ひっくり返したりつまんだりしている。痛くはないが、くすぐったい。

右手がはなされ、反対の手にも同じことをされた。

「剣士ではない。剣を握り慣れた手ではない」といったことを、男は言った。

からだに聞くといっても、殴られるわけではないとわかってほっとしたが、男の出した結論には反発をおぼえた。

剣なら飽きるほど握ってきた。唯一《ゆいいつ》、得意といえるものだった。

けれども、ソナンが扱ってきた軽くて細い剣の柄は、手に跡を残さない。ここの人たちが、ソナンにつきつけている重そうな刀剣しか知らないのなら、そう判断するのも無理はない。

「農民でもない。工芸に携わる者でもない。働いたことのない手だ」

今度は両肩をつかまれた。肩先から首に向かって、さぐるような指の動きが続いた。

「商人でもない。荷物を担《かつ》いで歩いてはいない」

男はしゃがみこんで、ソナンの顔に自分の顔をぐいと近づけた。

「おまえは、誰だ」

頭に意味が浮かぶだけでなく、聞こえる音がそういう問いだと、すでに耳が覚えていた。それほど何度も投げかけられた言葉だった。

「誰でもない」

この答えは、嘘《うそ》とは言えないはずだ。なぜなら、ソナンはまだ、何者でもない。

「ただ、ここに、来たい、思った。だから、来た。ここの王様に、仕えたい」

相手の立場で考えれば、納得できる話でも、受け入れられる話でもないのはわかっていた。だがソナンには、そう繰り返すほかなかった。

「空から来たというのは、真実か」

ソナンは深くうなずいた。頭を縦に動かすのが肯定、横が否定を意味するのは、ここでも変わりはないようで、さっきからこのしぐさは通じていた。

「おまえは、鳥か」

鷲鼻の男がため息をついた。

「これは、武器か」

黒い棒を持って議論していた者たちの一人が、棒を掲げながら尋ねた。

「わからない」

「なぜ、わからない」

「もらった」

「誰に」

ソナンはまた、空を指さしながら、懸命に口から言葉を押し出した。

「朱《あか》い髪。長い。雲の上」

説明しなければと思った。すべてきちんと語っても、信じてもらえるとは思えなかったが、ソナンにできることはほかにない。

それなのに、片言でしか話せないのがもどかしかった。知らない言葉なのだから、話せるだけでもありがたいのだが、どうせなら、もっと流暢《りゅうちょう》にいきたかったと、ソナンはまた、あの男を恨みたい気持ちになった。

「ここの空に雲はない」といったことを、鷲鼻の男が言った。

「雲、ちがう、かも。でも、上から見た。ここ、来たい、思った」

「武器のようなこの棒を、誰にもらった」

話がまた、そこに戻った。

「男。人。神。わからない。ほんとう。嘘、ちがう」

何度かそんなやりとりをしているうちに、彼らが口々に同じ言葉をつぶやきはじめた。

「ソランキ」

そう聞こえるが、意味は頭に浮かばない。

人々は、もはや殺気だってはいなかった。むしろ困惑している。議論も跡絶《とだ》えがちになり、ソナンに向けられる視線も、気味悪がってでもいるようなものに変わっていた。

そんななか、一人だけ、哀れむような目でソナンを見ている人物がいた。見覚えのある顔だった。たしか、上からながめたとき、剣の素振りをしていた男だ。目が合った。男は「自分も調べたい」というようなことを口にすると、ソナンに近づいてきた。ふたたび、肩や腕や指先をもむように触られた。頭まで、髪に手を入れてさぐっていく。

やがて男は、何も言わずにソナンのそばを離れて、人垣に戻った。

「これは、武器だ」

黒い棒を持っていた人物が、棒を高く掲げてみんなの注目を集めた。続いて「矢」とか「見た」とか「筒」とか「毒」という言葉が聞こえたが、早口のうえ込み入った話のようで、よくわからなかった。

男は棒の、斜めに折れたあたりを握っていたが、折れた先の長いほうが水平になるようにすると、左手でその部分の中央あたりを持ち、先端を岩の壁に向けた。右手は、斜め下にのびる短い側の中ほどを握っている。

その右手が、ぐいっと前方に動いた。棒は二つ折りになったが、男が右手をはなすと、元の形に戻った。

息をのんで見つめていた人たちから、いくつもの声が漏れた。

「それだけか」「何も起こらない」「矢がない」「そんな小さな」

四、五人が棒のまわりに集まって、同じように動かしたり、棒の先をのぞいてみたり、ただべたべたと触ったりした。最初にその棒が武器だと言い出した男が、乱暴に人々の手から奪い返すと、ソナンのところに持ってきた。

「これは、武器だな」

強い口調で尋ねる。

「わからない」

正直なところ、いくら折れたり戻ったりしても、先が尖っているわけでもない細い棒が、武器になるとは思えなかった。

男は何か言いながら、ソナンに棒を押しつけた。同じことをやってみろという意味だと思って、左手で長い側を、右手で短い側の中央を握り、長いほうが水平になるようにした。

とたんに二本の刃が、皮膚に触れそうなほど近づいた。「気をつけろ」とか「人に向けるな」とか言っている。

うなずいて、棒の先を斜め上に向けた。先にあるのは、のっぺりとした岩の壁だけになった。

だからといって、何がどう変わるとも思えなかった。ばかばかしいなと思いながら、右手を軽く前方に押した。

何の抵抗もなく、棒が重なるように二つに折れた。同時に、先から何かが迸《ほとばし》った。

「うわっ」と叫んでソナンは棒を放り出し、のけぞって後ろに両手をついた。

瞬《まばた》きを一回するほどのわずかな間だったが、何か途方もないものが、棒の先端から飛び出して、空の彼方《かなた》へと消えたのだ。

あえていうなら、光の束のようなものだった。それも、真夏の太陽の投げる光を集められるだけ集めて、ぎゅっと撚《よ》り合わせて太い綱にしたような、強い強い光の束。

そんなすさまじいものが噴き出したというのに、棒を持っていたソナンの両手は、何の衝撃も受けなかった。光が消えると、夢でもみていたように感じられた。

しかし、夢でも錯覚でもなかった。その証拠に、岩の壁にぽっかりと、大きな穴があいている。

緑の髪の人たちは、そちらを向いて、言葉もなく立ち尽くしていた。ソナンに刃をつきつけていた一人など、剣をだらりと下げてしまっている。

だが突然、凍りついていた空気が砕《くだ》けて、人々が一斉にしゃべりはじめた。もう議論などではない。誰もがあわてふためいていた。一人が棒を拾ってソナンに押しつけた。別の人物がすぐにそれを取り上げて、棒を指差しながら、何かまくしたてた。ソナンはまだ動けなかった。腰が抜けてしまったのか、下半身にまるで力が入らない。

いつしか混乱とざわめきは、命じる声とそれに応じる人の動きに変わっていた。ソナンは、二人の男に両側から腕を引っ張られた。引きずられるようにして天幕屋敷に入った。まだ呆然《ぼうぜん》として、あたりを観察する余裕もないまま、いつのまにか階段を下っていた。どうして階段があるのだろう。この屋敷は、平屋ではなかったのか。

空気がひんやりとしていた。白い布は姿を消し、足もとにも頭上にも左右にも、継ぎ目のないのっぺりとした岩だけがあった。

やがてソナンは、地下牢のようなところに押し込まれた。扉が閉じられ、あたりは真っ暗になった。

確かに侵入者だった。

砦《とりで》には二百人もの人間がいるが、こんな男が紛れていたら、誰かが気づかないはずがない。

それほど目立つ容貌《ようぼう》だった。

ざんばらに乱した髪は異常に短く、肩までも達していない。そのうえ遠目には老人かと思ったほど、白い。

近くで見れば総白髪《しらが》というわけではなく、色がないという言い方が当てはまりそうな頭髪だった。まるで、にごりのない水が細い糸になっているようで、日の光を受けた側は銀色に見える。月光の色だと、雪大《ゆきんた》は思った。

髪だけならば、鬘《かつら》やかぶりもので誤魔化せもするだろうが、顔立ちも人目を引く。鼻や顎《あご》の線が細く、全体に優男《やさおとこ》というか華奢《きゃしゃ》な印象なのに、目だけがぱっちりと大きい。一度見たら忘れられない顔だ。こんな風貌の人間は、どんなに変装しても、注目を集めずにはいられなかったろう。

かといって、誰にも見られないように隠れていたとも考えられない。いまも誰かが暇さえあれば、どこかに食糧か逢真根草《あまねそう》の一片でもしまい忘れていないかと、物陰の壺《つぼ》の中まで調べなおしている。

間違いない。この男は昨夜まで、砦の中にいなかった。侵入者だ。どこからか、砦に入り込んだのだ。

霧九《きりく》の督の森主《もりんしゅ》は、馬面《うまづら》をしかめて黙り込んでいた。感情をめったに面に表さない人間なのに、よほど手強《てごわ》い相手なのか。

雪大は、ふたたび侵入者に目をやった。髪から受ける印象に反して、若かった。少年といってもいいくらいに見えた。

服装は、畑の者らが遠出をするときに着る道衣《みちごろも》のようだが、督の身分を示す装《よそお》いをした霧九の前で、少しも畏《かしこ》まる様子がない。かといって、開き直って尊大ぶっているふうでもなく、尋問者を前に絶対に口を割るものかと決意している間諜《かんちょう》にも見えない。迷子の子供。それも、親とはぐれた不安や心細さが襲ってくる前の、わけがわからずぽかんとしている幼児のようだと、雪大は思った。

体格からすれば、若くはあっても、子供ではない。それなのに、ひどく幼い印象を受ける。言葉がわかっているのかいないのか、それさえもよくわからない、頼りない反応のせいだろうか。

霧九は、気を取り直したように尋問を再開した。素性や生まれ、名前やどこから来たのかといったことを尋ねていく。侵入者は、口を開けるだけで何も言わなかったり、首を左右に振ったり、悲しそうな目をしたり。返事らしいものは、ときどき発する「わからない」と、天を指さすしぐさだけだった。

霧九がにがりきった顔をするのも無理はない。これでは、本気なのか、とぼけているのかもわからない。

侵入者への尋問をよそに、庫帆《くらほ》の督の風中《かぜんちゅ》は、周囲の者らと、侵入者の所持品だという黒くて細長い棒を調べている。

雪大のまわりでは、男の素性について話が交わされていた。すると、八の丞《じょう》の星人《ほしんと》が、このように怪しい者は、いるだけで六樽《むたる》様の最期《さいご》を汚《けが》す。さっさと殺してしまうべきだと言い出した。

星人は、故事や戦術に詳しく、奇策を編み出すのに長《た》けていて、その才を見出《みいだ》した六樽様が、低い身分から直臣《じきしん》に取り立てられた。それからずっと期待に応《こた》える活躍をしてきたのだが、初めての失敗が、このたびの致命的な結果となった。

だからといって、誰も彼を責めてはいない。この作戦は、雪大をはじめ督の大半が賛同し、六樽様のご決断で採用されたもの。誰が言い出した策であれ、責任が決めた者にあるのは、自明のことだ。

けれども、やはり発案者としていたたまれないのだろう。最近の星人は平静さを欠いており、「大変なことが起こった」と池人《いけんと》が走ってきたとき、雪大の頭をよぎったのも、ついに星人が正気を失ったのかということだった。

その直感ははずれていたが、侵入者を殺せとは、かつての賢者ぶりに似合わない、思慮を欠いた発言だ。平静にみえて、やはり星人は普通でない。

「殺すなど、もってのほかだ。この男がどうやって現れたのか、それがわかれば、活路が見出せるかもしれないではないか」

雪大は指摘したが、星人の動揺がまわりの者に伝染したのか、「殺せ」の声が二、三つづいた。香杏《かあん》の間諜に決まっているのだから殺すべき、などと言う者までいる。間諜ならばなおのこと、殺さず話を聞かねばならないのに、そんな道理も頭から飛んでしまっているようだ。

すると突然、侵入者が声をあげた。

「敵、ちがう。殿、仕える、したい」

声の大きさにも驚いたが、この発言を文章に組み立ててみて、雪大は心底あきれた。

殿に仕える。六樽様の直臣になりたいというのか。由緒《ゆいしょ》ある家柄の子弟が、しかるべき武勲を立てた後でさえ、滅多に許されないことだというのに。

そもそも、名前を言うこともできない、まともにしゃべることもできない、幼児よりも始末におえない人間が、剣を持つ身になりたいなど、水瓶《みずがめ》を笹舟《ささぶね》に載せて運ぶというより無茶な話。督城の門前にふらりと現れた物乞《ものご》いが、この城の姫を嫁にしたいと言い出しても、これほど突拍子もなくは聞こえなかっただろう。

「知能が足りないようですね」

誰かが言ったが、雪大はそうは思わなかった。侵入者の目には、確かな知性が宿っていた。眉間《みけん》に寄った皺《しわ》には、必死さが。だからよけいに、突拍子もない発言が、奇異な印象を与えるのだ。

「正体を隠すために、わざとこんなしゃべり方をしているのではありませんか。言葉づかいにはおのずから、身分や生まれが出ますから」

涸湖《からこ》の手兵頭《しゅへいがしら》が、意見を述べた。

「隠しごとには、何か目的があるはずだが、どんな目的があるのだか、皆目見当がつかない」

涸湖の督が弱りきった顔をした。すると彼の手兵頭は、怪しい男が自分の主人を困らせているのが許せないとばかりに、眉《まゆ》を吊《つ》り上げた。

「正体がわかれば、目的もわかります。私にお任せください。口がどんなに誤魔化しても、からだは嘘《うそ》がつけません。聞けば、いかに生きてきたかを教えてくれることでしょう」

そう言うと、侵入者のそばに行き、手や肩を念入りに調べはじめた。

雪大は、侵入者がどんな反応をするかに注目した。涸湖の手兵頭が近づくまでは、正体が暴《あば》かれるのを恐れる間諜ともとれる緊張を浮かべていたが、手をさぐられはじめると、場にそぐわない、くすぐったそうな、きまりの悪そうな顔になった。無邪気な子供という印象が、雪大の中で深まった。

「武人ではありません。剣だこのない、きれいな手です。畑の者でもありません。細工師や大工でも」

手に仕事の跡がまったくないなど、いったいこの年齢までどうやって暮らしていたのだろう。

「生まれつき、正気でないのかもしれない。それで、家族にどこかに閉じ込められていた」

涸湖の言葉に、星人が反論した。

「そんな人間が、どうやってこの砦に入ってこられたのです」

「そんな人間でなくても、どうやって侵入したかは謎《なぞ》ですね」

涸湖の手兵頭が、言わずもがなのことを口にした。

異国人かもしれないという声も出た。奇異な外見や片言《かたこと》はそれで説明がつくし、我々の知らない異国の技術で砦に忍び込めたのかもしれないというのだ。

けれども異国人は、黒い髪をして、肌も浅黒いのではないかと、反論が相次いだ。

容貌も、彼らの知る異国人とはずいぶん違う。

雪大は、庫帆《くらほ》の意見が聞きたかった。庫帆の地には、異国船の来る港がある。港の先にはめったに入ってくることのない異国人については、庫帆の督が誰よりも詳しい。

だが庫帆は、例の棒を手に、まわりの人間と話し込んでいた。

そのあいだも霧九はひとりで、辛抱強く質問を繰り返した。

何者だ。どこから来た。どこで生まれた。名前は何だ。

「この物体は、戦《いくさ》道具か」

庫帆が新たな質問を発した。右手に握った棒を高く持ち上げている。

「わからない」と侵入者は、情けない顔になった。

謎の男を前にして、誰もが途方に暮れていたが、最も途方に暮れているのはこの男自身かもしれないと、雪大は思った。

それでも男は、「わからないとはどういう意味だ」との霧九の追及に答えていった。その様子は真剣そのものなのだが、内容は、面持ちと相容《あいい》れない、ばかげているともいえるものだった。

片言の説明をつなぎ合わせると、男はついさっきまで、雲にのって、砦の上空にいたという。雲の上で、珊瑚色《さんごいろ》の髪を長くのばした人物に、好きなところにおろしてやると言われ、この場所を選んだ。そのときに、棒をもらった。何をするための道具なのか、まったく知らない。雲にのる以前のことは、わからない——。

「空鬼《そらんき》でしょうか」

侵入者の言い分が理解できるようになると、池人が不安げにつぶやいた。

空の上にいて、髪が長く、わけのわからないいたずらをするのは、空鬼だ。そんなことは、子供だって知っている。

いや、子供のほうがしっかりと、空鬼や、風鬼《かぜんき》や、川鬼《かわんき》や、土ノ神や、水ノ神や、月ノ神を心に抱いている。

おとなでも、そうした鬼神の存在を疑っていない者はけっこういるが、雪大はちがった。

たとえばこの砦は、人間が弓貴《ゆんたか》の地に住むようになる以前に、土ノ神が作ったものだと言い伝えられている。昔、この場所を通りかかった土ノ神が、みごとに丸い岩山をおもしろがって、巨大なその手でひょいと中をひと掘りしたところ、外周だけが壁のように残った。土ノ神はつづいて壁の下のほうに、左右の人差指をぷすりと突き刺し、穴をあけた。それで、南北ふたつの出入り口ができたのだと。

けれども、人間がこの地に住む以前のことを、誰が見ていて伝説に残したというのだろう。それに、砦の出入り口は、指の形をしていない。上部は弓形、下部と左右はきれいな直線になっている。大きさからしても、人が騎馬で通るために作られたとしか思えない。

そのうえ伝説は、地下の部屋や通路については何ひとつ語っていない。

つまりこの伝説は、砦の外見のみを目にした誰かが、空想で作り上げたものなのだ。おそらく砦の驚異的なありさま――継ぎ目のない岩が、壁のようにぐるりと輪を描いていること――が巨人を連想させたのだろう。

確かに、砦がどうやって作られたかは、謎だ。そして、六樽様のご先祖が、民を引き連れ、無人であった弓貴の地にやってきたとき、すでに壁や地下は今ある形になっていたというのだから、伝説の最初の部分は正しいともいえる。おかげで六樽様のご先祖は、地下構造を陣屋で覆《おお》うだけで、この地に根を下ろすための最初の拠点を作ることができたのだ。

けれども雪大は、この砦を作ったのは、やはり人だと考えていた。出入り口も通路も人の大きさになっているのだから、そう考えるほうが理にかなう。

おそらく、遠い昔にここに住んでいた人々が、硬い岩をきれいにくり貫《ぬ》く技術をもっていたのだ。彼らは砦を作ったものの、何らかの理由でいずこへかと去った。あるいは一人残らず死に絶えた。そうして、この不思議な砦と無人の大地が残された。

そんなふうに推測していた雪大なので、侵入者の容貌に、希望がかきたてられた。

彼らの知る異国人とはちがうが、弓貴の民とも異なる顔つきのこの男。もしや、未知の技術をもった民族の末裔《まつえい》なのではないか。その技術で砦に入り込み、その技術で、滅びるしかなかった彼らの運命にも穴を穿《うが》ってくれるのではと。

ところが、未知の技術どころか、昨日のことも覚えていないという。

それが嘘とは、雪大には思えなかった。嘘をつく余裕など微塵《みじん》もなく、ありったけの力でしゃべっている。そんなふうにしか見えないのだ。

その必死の語りに、空鬼《そらんき》の姿が立ち現れた。

誰もが顔をこわばらせたのは、そのためだ。鬼神の類《たぐい》を信じていない雪大でさえ、思わず背筋がぞくりとした。

侵入者が直接に、「空鬼にこの場所に落とされた」と証言していたら、絵空事だと鼻で笑ってすませただろう。だが、内容がどんなに愚かしくても、つたない説明からじわじわと浮かび上がってくる話は、嘘八百と聞き流すことができなかった。

いったいこの男は、敵なのか。未知の国から未知の技術をもってきた異国人なのか。作り話がおそろしく上手な法螺《ほら》吹きなのか。それともほんとうに、鬼神の落とし子なのか。

空鬼のしわざと決めつける迷信深い人たちのざわめきを耳から締め出して、雪大はじっくりと考えた。

ひとつの可能性が頭に浮かんだ。

この男は、空を飛ぶ技術をもった異国人ではないだろうか。目的はわからないが、こっそりと、この弓貴の地にやってきて、少し言葉を覚え、道衣《みちごろも》を手に入れて、空から砦に入ろうとした。ところが、最後の最後でしくじって、高いところから落ちてしまい、頭を打った。そのため、自分が誰かもわからなくなり、覚えているのは、ここに来ようとしていて落下したことだけ。それを必死で説明したら、あんな話になった。

そう考えれば、あれやこれやのつじつまが合う。しかも、その場合、この男が空を飛ぶ技術を思い出せば、起死回生の勝利が望める。

「私も少し、この男を調べてみたい。いいかな」

霧九に断ってから、侵入者に近寄った。

まずは目と鼻で、侵入者に異国人のしるしがないかをさぐった。

身に付けているのは、やはり道衣だった。そう着古したものではない。衣服にも、露出している肌にも、高いところから落ちたような跡はなかった。

侵入者は冷や汗でもかいているのか、鼻をきかせた雪大は、汗と体臭とを嗅《か》ぎとった。気のせいか、嗅ぎ慣れない類の体臭だ。それに、どんなに注意を傾けても、弓貴で使われるいかなる香油の残り香も、感じとることができなかった。

もう一度、深く息を吸い込むと、汗と体臭以外に、なじみのあるにおいを感じた。何だろうと意識を集中していると、この騒動で忘れていた喉《のど》の渇きが戻ってきた。

そうだ。これは、水のにおいだ。汗とは違う、池や川の水がどこからか放つ、においというより刺激のようなもの。侵入者は、肌も髪も衣服も、さっぱりと乾いているというのに。もしかしたら、これは異国の香油の残り香だろうか。

つづいて雪大は、さっき涸湖の手兵頭がやったように、男の手や肩を触ってみた。確かに、剣だこも筆だこもなく、鍬《くわ》や斧《おの》でつくったマメもない。どんな仕事にもついたことがないかのような、きれいな手だ。

とはいえ、腕も肩も、見た目より肉づきがよかった。近くで見れば、太股《ふともも》や腰もがっしりしている。長いこと閉じ込められていたとか、ごろごろと働かずにこの歳《とし》までを過ごしたというわけではなさそうだ。

さらに雪大は、月光の色をしたざんばら髪に手を入れて、男の頭皮をくまなく触った。こぶも傷も見つからなかった。

では、高いところから落ちて頭を打ち、わけがわからなくなってしまった異国人という彼の見立ては、間違っていたのか。

落胆した雪大と対照的に、庫帆は興奮に目をきらめかせていた。侵入者が持っていた棒は、戦道具にちがいないと息巻いている。以前、異国人に見せられたものに似ているらしい。

「これは、棒ではなくて、筒だ。こちら側の先を見ると、穴があいているのがわかるだろう。中に細い矢をこめて、この屈曲部分の中にある絡繰《からく》りで、遠くに飛ばすのだ」

それから、使い方を実演するのだと言って、棒を水平に構えた。見ていると、後ろのやや下向きになったところが、そこを握る庫帆の右手とともに動いて、前の部分に重なるように折れ曲がり、すぐまた元に戻った。

「それだけか」

「矢が入っていないから、何も起こらないのですね」

「そんな細い筒に入るほど小さな矢では、遠くに飛ばせても、敵を傷つけることはできないのではありませんか」

「矢に毒を塗ればいい」

「戦道具を持っていたのなら、この男は、やはり敵だ」

そんな、さまざまな声が飛んだ。

雪大も近くに行って、戦道具だという筒を見たが、外見からは何の仕組みも見て取れなかった。斜めの部分に、小さな花弁のような赤い模様がいくつかついているが、それ以外は黒いだけの、ただの棒だ。

「私がかつて見たものと、まったく同じというわけではない。絡繰りの仕組みが違うのかもしれない。この男にやらせてみよう」

そう言って庫帆の督は、筒を侵入者に渡した。

「使い方を説明せよ。もらったものだからわからないと、あくまでも言い張るのなら、さっき私がやったようにやってみよ」

悪くない試みだと雪大は思った。男がすべてを忘れてしまっていたとしても、使い慣れた道具なら、自《おの》ずと手が動くものだ。

侵入者は、おぼつかない手つきで筒を握り、周囲の者に促されて、岩壁を狙《ねら》うように構えた。

そして――。

雷《いかずち》よりも強い光が、目の前を通りすぎた。

あまりの強烈さに、雪大は驚きの声を発することもできなかった。動けず、何も考えられず、ただ呆然《ぼうぜん》と、岩壁の上のほうにぽっかりとあいた丸い穴を見つめていた。

他の者もそうだったのか、あたりは物音ひとつしなかった。

どれくらい、そうしていただろう。

「あそこに督章を下げよ。誰のでもいい。できるだけ早く」

霧九の声で我に返った。

霧九は砦壁の穴を指さしている。

そうだ。あんなところに穴があいているのを気づかれたら、攻撃に利用される。敵はすでに気づいているかもしれないが、まだかもしれない。いま第一にやるべきは、穴を隠すことだ。籠城戦《ろうじょうせん》で、砦の外壁に督章旗を下げて、決して屈伏しないという意志を表すことは、過去に何度かおこなわれている。唐突に誰かの旗を下げても、奇異には思われないだろう。

霧九の手兵が、主人の命令を果たすために走り出した。それを追うようにして涸湖が、「六樽様にご報告申し上げなければ」と、自らあたふたと駆けていく。

侵入者はまだ、尻餅《しりもち》をついて呆然としていた。庫帆が、投げ出されていた筒を拾って、侵入者に持たせようとした。

「どうやったのだ。もう一度、やってみろ」

「だめです」

庫帆の手兵頭の墨人《すみんと》が、それを乱暴に取り上げた。

「なぜだ。真上にでも撃たせれば、害はない。この戦道具の威力を確かめることが、一刻も早く必要なのだ」

庫帆の督が、いらだった声をあげた。

そうだ。この戦道具があれば、二百弱の人数で、一万の軍勢を打ち負かすことも夢ではない。

雪大の心に、これまでよりも大きな希望の灯がともった。

「おっしゃることはもっともですが、ここをご覧ください」

墨人が、筒の一部を指さした。雪大も近くに寄って、墨人の指さす先をのぞきこんだ。

「さっきまで、ここに五つの模様がありました。いまは、四つしかありません」

「数え間違いではないのか」

「いいえ、確かに五つでした。そして、いまは四つです」

花弁の形をした赤い模様は、数えてみると、墨人の言葉通り四つ並んでいたが、最初にいくつあったか、雪大は覚えていなかった。

「おまえの勘違いだ。こんなにはっきり刻まれている模様が、どうやって消えるというのだ」

庫帆の督は、赤い印を指でこすってみせた。模様はにじみもぼやけもしない。香箱に塡《は》め込まれた象嵌《ぞうがん》よりもしっかりと、筒の上に存在している。

「わかりませんが、それを言うなら、あのようにすさまじい光の矢が出る仕組みもわかりません。これは、我々の知識を凌駕《りょうが》した道具なのです。慎重に扱わねばなりません」

「そんな悠長なことを言っている場合ではない。だいたい、模様の数など、どうでもいいではないか。こうしている間も、奥のお部屋の方々は……」

「ああ、そうか」と星人《ほしんと》が、二人の話に割って入った。「光の矢を一回射たあと、模様がひとつ減ったことに注目すべきと、墨人《すみんと》は考えているのだな。模様の数は、筒にこめられている矢の数を表しているのかもしれないと」

星人は、本来の頭の切れを取り戻したようだ。

「はい。その場合、残りの矢は、あと四つということになります。そうでなくても、際限なくあんなことが繰り返せるとは思えません。新たに矢をこめる方法がわからない以上、試してみるためだけの無駄撃ちは、控えたほうがいいかと存じます」

なるほど、と雪大は感心した。墨人の観察眼といい、星人の洞察力といい、あんなすさまじいものを見たあとで、よく冷静に発揮できるものだ。

自分もそうあらねばと、雪大は思った。庫帆も言っていたように、いまは一刻を争う。この世のものとは思えない事象に動顚《どうてん》している暇《いとま》はない。見るべきものをしっかりと見て、遅れも誤りもない判断を下していかねばならないのだ。

そう肝に銘じたとき、侵入者が、混乱の輪から取り残されて、ひとりぽつねんとしていることに気がついた。

つまり、誰にも見張られていない。まだ、敵ではないと決まったわけでもないのに。侵入者の扱いを、すぐに決めるのは難しい。見張っておく人手をさくのも惜しい。

とりあえず、危険な真似《まね》のできない場所に、隔離しておくべきだろう。

そう考えて、「この男を、地下の部屋に閉じ込めておけ」と池人《いけんと》に命じ、霧九や庫帆に向かって言った。

「六樽様の御前に参じて、この道具について推測できることをご説明申し上げ、どう使うかを皆で考えよう。庫帆殿のおっしゃるように、時間は惜しいが、これは我々がかつて経験したことのない事態だ。慎重に進める必要がある」

反論は出なかった。


ひとりになると、からだが震えはじめた。

あたりは完全な闇《やみ》。

死を前にしてあんなに平静でいられたのに、目を大きく開けても何も見えない暗黒は、心を飛び越え、その奥にある原始的な恐れをかきたてるようだ。

ソナンは、わけもなく大声でわめきたくなるのを、自分の両腕をぎゅっと握ることでなんとか抑えた。

なぜ、明かりのひとつも置いていってくれなかったのだと、緑の髪の人たちを恨んだ。

こうやって不安にさせれば、これまでと違うことを話すとでも思っているのか。それとも、このまま放置する気か。水も食べ物も与えずに――。

そこでソナンは、はっとした。

水も食べ物も、彼らは持っていないのだ。明かりのための油や蠟燭《ろうそく》も、やはり尽きかけているのではないか。

この暗闇は、悪意によるものではない。彼らのおかれた窮状を、共に味わっているだけなのだ。

そう考えたら、少し気持ちが落ち着いた。

床にすわって、目をつぶった。これなら暗くて当たり前。

考えてみれば、やっとひとりになれたのだ。雲の上のようなところで気がついてからこれまでは、目に入る光景や聞いた話が腑《ふ》に落ちる間もなく、事態が次々に推移した。だからあらゆることを、ほとんど反射的におこなってきた。

ようやく、じっくりと考え事をする時間ができたのだ。ここに押し込められたのは、よかったのかもしれない。

いや、よくよく思い返せば、じっくりと考える間もなく物事が推移しだしたのは、雲の上に行くよりも前。父親に勘当されて、ナーツの家に行ってからだ。

それから三日間のことや、橋の上での出来事、川に飛び込んでからのことがソナンの脳裏に蘇《よみがえ》り、口の中に苦い唾《つばき》が湧《わ》き出した。

だが、あれはみんな、終わってしまったことなのだ。考えてもしかたがない。考えるのはやめようと、ソナンは自分に言い聞かせた。

雲の上で気づいてからのことも、きっと、どんなに考えてみても、すべてを理解はできないだろう。人智《じんち》を超えたことが起こったのは確かなのだから。

それよりも、これからのこと、いま何をすべきかを考えようと、ソナンは気持ちを切り替えた。

これからと言っても、ふたたび日の光を見られる保証はない。彼らは二度と、扉を開けに来ないかもしれない。正体不明の男を、生きたまま埋葬したつもりなのかもしれない。

しかしそれも、考えてもしかたのないことだ。

だから、そうでない場合のことを考えよう。今度彼らと会えたなら、どんな態度をとればいいか。どうすれば、彼らの仲間になれるのか。

目をつぶったまま、ソナンは考えた。

まずは、言葉だ。

彼らの質問はほぼ理解できた。こちらがしゃべったことも、それなりに通じているようだ。しかし、濃い霧を通してものを見ているような、おぼつかなさがつきまとう。それに、知らない言葉でやりとりできるのは、朱《あか》い髪の男の魔法によるのだから、いつ終わってしまうかわからない。なるべく早く、魔法に頼らなくてもいいように、きちんと習得しなければ。

そのために今、できることはないだろうか。教師もいない、書物もない、あっても見ることのできない暗闇の中でも、できることは。

ソナンは考え、そして見つけた。さっきのやりとりで少しだけ、聞き覚えた言葉がある。それを繰り返し口にして、自然に発声できるよう練習するのだ。

暗闇で、目を閉じたまま、記憶に残っていたせりふを言ってみた。

「おまえは誰だ」

「わからない」

音と意味とを覚えていたのは、このふたつだけだった。

「おまえは誰だ」

「わからない」

「おまえは誰だ」

「わからない」

繰り返していると、閉じたまぶたの下から、なぜか涙が流れ出た。

6

「霧九《きりく》は、その不審者がほんとうに、空鬼《そらんき》によってここに投げ落とされたと考えているのか」

六樽《むたる》様の厳しい視線が、霧九の督の森主《もりんしゅ》に向けられた。

「それについて、確かに言えることは、何ひとつございません。けれども、あの男の持っていた戦道具は、どうやっても傷ひとつつけることができないはずの岩壁に、人が通れるほどの大きさの穴をあけました。肝心なのは、そのことです。あの光の矢で薙《な》ぎ払えば、一瞬にして千人の軍勢を滅ぼすことも可能でしょう。あんなものを、人間の手で作りえるとは思えません」

「庫帆《くらほ》は、似たものを見たことがあると言わなかったか」

六樽様のご下問に、庫帆の督の風中《かぜんちゅ》は、あせったような早口で答えた。

「形は似ております。動かし方も同じです。しかし、私が以前に見ました乾囲《かんい》国の戦道具は、筒の先から、あらかじめ入れておいた小さな矢が飛び出すものです。動かす部分の絡繰《からく》りも、外から見てとれますし、工具を使ってばらばらにすることもできます。ところが、侵入者の持っていたものは……。あんな光の矢を、人がどうやって作り出し、どうやって筒先にこめられるというのでしょう。そのうえ、あの男が持たないかぎり、動かしても何も起こらないのです。あんなものは……、あんなものは……」

光の矢が飛び出したときのことが脳裏に蘇《よみがえ》ったのだろう。風中はぶるりと身を震わせた。雪大《ゆきんた》も、あの光景を思い出すと、恐怖とも感動ともつかないおののきに襲われる。

「わかった」六樽様は、なおも言い募ろうとする庫帆を制しておっしゃった。「人の手で作られたとは思えないほどとてつもない戦道具が、いま我々の手の内にある。それをどう使うかを決めねばならない。そういうことだな」

「おっしゃるとおりでございます」

八の丞《じょう》の星人《ほしんと》が、朗々とした美声を響かせた。

久々に彼らしい声を聞いたと、雪大は思った。作戦の失敗が明らかとなって以来、しゃべるたびに口もとをひきつらせ、周囲を滅入《めい》らせる陰鬱《いんうつ》な声を発していたが、やっといつもの星人になった。

それが何より、状況の変化を実感させた。

彼らが手にした希望は、侵入者の髪の毛が連想させる水の糸のように、細く頼りない。すがろうとしても、つかんだとたん、手応《てごた》えもなく散り去ってしまうかもしれない。だが、どんなに頼りなくても、希望は希望。今朝までの、いつ、どうやって死ぬかばかりを考えていた時とは違うのだ。

「幸い、香杏《かあん》勢に特段の動きはありません。壁の穴は気づかれていないようです。大勢の兵の中には、光の矢や穴を目にした者もいるでしょうが、にわかに信じられる話ではありません。光の矢は一瞬で通りすぎ、壁の穴も霧九様の督章旗で隠されていて、確認できませんから、目の迷い、勘違いですまされたのではないでしょうか。しかしながら我々は、その威力をしっかりと、みなが確認しております。あの光の矢は、進む先にあるすべてを消し去ってしまうように思われますから、うまく使えば、敵の本陣を一度で壊滅させることができるでしょう。けれども、おそらくあと四度しか、射ることはできません。そしておそらく、おかしな髪をした不審者しか、光の矢を放つことはできません。それらを考慮したうえで、最上の使い方をしなければならないのです」

「『思われる』とか『おそらく』とか、考慮すべき事柄というのはどれも、不確かな推測にすぎないのだな」

六樽様も、星人の変化に気づいておられるだろうに、お声にもお顔にも、それを感じさせるものはなかった。六樽様がいつもこうして泰然としておられるから、自分たちも、浮き足立つことなく、希望や絶望と向き合っていられるのだと雪大は思った。

「はい。すべては不確かな推測です。そのうえ、良識では認めたくないようなことばかりです。けれども今は、その推測に頼るしかありません。それだけが、確かなことなのでございます」

「遺憾ながら、そのようです」庫帆の督が話を引き継いだ。「本来ならば、このようにあやふやな物事は、ひとつひとつ確かめてかからねばなりません。ほんとうにあの男にしか使えないのか、やり方を変えて何度も筒を動かしたり、あの男に使わせて、光の矢を射たあとに、模様が減るかを確認したり。けれども、あと四回しか使えないかもしれないのに、試し事で無駄に矢を失うわけにはいきません。最も妥当な推測に従い、残る矢をどう使うかを決めて、本番でいきなりやってみるしかないのです」

この点について異論は出ず、いかにして残りの四つの矢で、できるだけ多くの敵を倒すかが話し合われた。光の矢はまっすぐに進むようだ。敵を縦に並ばせることができればいいのだが、どうやったら、そんなおびき出し方ができるか。

「とはいえ、その戦道具、空鬼《そらんき》が人に渡したものならば、どんな気紛《きまぐ》れな働き方をするかわかりませんな。次に動かしたときには、光ではなく、花びらが噴き出すということもありえますぞ。そうなったら、敵をおびき出しても、骨折り損だ」

涸湖《からこ》がぼやいた。

「だとしても、我々が失うものは何もない」

庫帆の督が力強く言明した。庫帆は希望を闘志へと変えて、その胸で燃やしているようだ。

「もともと戦とはそういうもの。確かなことばかり求めていては、前に進めない」

上《かみ》の丞《じょう》が庫帆の熱意の後押しをした。

「しかしなあ」

老齢の下の丞が、涸湖に負けず劣らずのぼやき声を出した。

「確かでないにもほどがあると、ため息をつきたくなることばかりだ。空鬼のしわざとしか説明できないというのが、まずもって、まじめな話し合いに適したこととは思えない。『光の矢』とか『戦道具』というのも、そなたらがわずかに見たことから勝手に名前をつけただけで、ほんとうにそういうものかは、わからない」

下の丞が上の丞と反対を言い出すのは、いつものことだ。それが、話し合いの質を高めるために、あえてやっていることなのか、それとも、六樽様を左右で補佐するふたりの丞の敵対関係に根差したものか、雪大《ゆきんた》はいまだに判別できないでいる。

だが、どちらであろうと、下の丞のこの発言は、御前会議の行方を変えた。

「おっしゃるとおりでございます。『戦道具』などと名付けてしまったから、そのようにしか見えませんでしたが、なにも、戦に使うものとはかぎりません」

霧九がそんな前置きから始めた話を聞いて、一同は、「おお」とどよめいた。

侵入者は、布灯《ぬのとう》の明かりが近づくと、顔をそむけてまぶたをかたく閉ざした。ずっと暗闇《くらやみ》にいたので、わずかな光も目にしみるのだろう。

「こっちへ来い」

霧九の手兵がふたり、両側から脇《わき》をつかんで連れ出した。侵入者は素直に従っていたが、階段を下りはじめるとき、わずかに抵抗した。

すぐにまた、導かれるまま歩くようになったが、こころなしか背中がおびえている。

部屋から出されたのなら、日の光のもとに出られると思っていただろうから、さらに下へとくだるのを、からだが嫌がるのも無理はない。

この男をこんなふうに、道具のように扱っていていいのだろうかと、雪大は疑問を感じた。

下では、庫帆《くらほ》が準備を進めていた。砦《とりで》の地下構造の最深部にある、部屋とも呼べない小さな空間。その中央に腰を下ろし、両脚を少し広げて伸ばした格好で、あの筒を水平に構えている。腰と足裏は板で支えられ、筒を持つ手の両肘《りょうひじ》は、床に伏せたふたりの手兵の肩にのせられている。そのまわりでは庫帆の手兵頭の墨人《すみんと》が、錘《おもり》のついた器具で水平を確かめたり、狙《ねら》う方向を方位石で細かく調整したりしている。

「よく見ておけ。このあとおまえは、これと同じことをするのだ」

霧九が侵入者に告げた。

侵入者は、しばらく考え込むような顔をしてから、うなずいた。

場所が狭いので、侵入者とそれを挟むふたりの手兵、霧九の四人が壁ぎわに立つと、墨人が動くための空間しか残らなかった。霧九らについてきた雪大と星人は、階段をくだりきらずに、下から二段目にすわって、庫帆たちを見守った。

墨人の動きがとまった。「これで間違いないはずです」と、主人に向かって一礼した。

庫帆は「では」とだけ言って、筒の後ろの部分を動かした。筒は音もなく二つに折れ、すぐに元に戻った。ほかには何も起こらなかった。星人《ほしんと》の口から失望の吐息が漏れた。

庫帆はこれを、侵入者に見本を示すためだけにおこなったのではなかった。「空鬼《そらんき》の授けた戦道具は、侵入者の手によってしか光の矢を放てない」というのは、推測にすぎない。それまでの出来事を総合すれば、そう考えるのが妥当ではあるが、もしもそうでなければ――すなわち、他の人間でも扱うことができるなら、物事はずっと進めやすくなる。光の矢を無駄にすることなく試せるものなら、試してみたい。

そこで、まずは庫帆がやってみることになったのだ。

以前は、何気なく動かしただけだったが、ああいうものが出るはずと念じながらやれば、違った結果になるかもしれない。その場合も、正しい位置でおこなっていれば、本来の目的が達成できるのだから、無駄撃ちにはならない。

そういう思惑のもとでの〈見本〉だったから、庫帆も彼を手伝う者も、真剣そのものだったのだ。

「次は、おまえがやるんだ」

庫帆の試みが、ほんとうにただの見本に終わった失望から立ち直った星人が、侵入者に声を投げた。庫帆が立ち上がり、霧九の手兵が侵入者を腰板の前にすわらせた。

墨人がふたたび、ちょこまかと忙しく動きはじめた。

侵入者の両手の位置を定めて、その手に筒を握らせ、「絶対に、勝手に動かすな」と言い含め、肘を支えるふたりの手兵の位置を調整しなおし、水平を計る。

階段にすわっている雪大からは、侵入者の顔がよく見えた。とまどった表情を浮かべながらも、時々きゅっと口元を引き締めて、懸命に墨人の指示に従っている。

おとなの期待に応えようと頑張っている幼児。

雪大の頭にまた、そんな連想が浮かんだ。

「少し、私に時間をいただけないか」

雪大は声をあげた。

「手出しはご無用。墨人は、弓貴《ゆんたか》に住む誰よりも測量に長《た》けている。我らに任せていただきたい」

庫帆はにべもなく言った。

「そうではない。その男に、これからやることを説明したいのだ」

「何をおっしゃる」

すぐ横にすわる星人が気色ばんだ。

「こんな怪しい人物に、六樽《むたる》様の最大級の秘密を明かすなど、とんでもない」

「すでにここに連れてきているのだ。いまさらそんなことを言ってもしかたがない。それよりも、わずかな狂いも許されないことをするのだ。何のために何をしなければならないのかをわかっているほうが、この男もうまくやりとげられるのではないか」

「それは、この男が我々に協力しようという気になればの話でしょう。敵だったら、何のために何をさせようとしているかがわかったら、わざと失敗するにきまっている」

星人は途中から声をひそめたが、狭い場所でのことだ。もちろん侵入者にも聞こえただろう。

「私には、この男は協力したがっているように見える。私の見立てが間違っているなら、このまま黙って事を進めても、うまくはいかないだろう。この方向に賭《か》けてみるしかないではないか」

星人は何か抗議の声をあげかけたが、霧九が先んじて言った。

「鷹陸《たかりく》殿にお任せする。光の矢の道筋は、筒を支える指の力の加減ひとつで、大きく変わってしまうだろう。鷹陸殿の見立てが正しいことに、賭けるしかない」

「そうだな」と庫帆も同意した。「この男に説明するとなると、それなりに時間がかかるだろう。その間に、霧九殿や八の丞も、ここで〈見本〉をおこなわれてはどうだろう。私はだめだったが、他の者ならということも、あるかもしれない」

それで、事は決まった。霧九が侵入者に代わって腰板の前にすわり、星人が階段をおりて壁ぎわに立ち、侵入者が雪大の隣に連れてこられた。

石段にすわると、侵入者は大きな目を見開いて、雪大をじっと見た。太陽の下では月光の色だと思ったざんばら髪は、この狭い場所で、陰の部分は黒く、手兵が掲げる布灯の火を映じる側は、金の輝きを放っていた。

ふと、雪大の心が臆《おく》した。名前すらわからない異形の男の〈得体の知れなさ〉に、背中がぞくりと冷たくなる。

こんな男に全員の命を預けるしかないのか。

ここ数日の素振りの前の、砦をまるごと両肩で担《にな》っているかのような重圧を、ふたたび感じた。

けれども、今朝までは、全員が死ぬ日を決めるための重圧だった。いまは、希望に向かっている。だからこそしくじりが恐ろしいが、だからこそ臆している場合ではない。

「何、すれば、いい」

侵入者のほうが先に口を開いた。

「教えろ。すること。知りたい」

あいかわらず片言のうえ、親と六樽様以外からはかけられたことのない、無礼千万な物言いだ。雪大の心に反射的な怒りがわいたが、侵入者の眼差《まなざ》しの真剣さに、そんな邪念はすみやかに消えた。

侵入者は、飢えた目をしていた。何をすればいい。何が必要か、教えてほしいと、説明に飢えていた。

この男は、我々と同じくらい本気なのだと、雪大は思った。下では墨人が、霧九のまわりを飛び回りながら、正確な計測に精を出していた。

「この砦は、一万の軍勢に囲まれている」

侵入者は、すぐにこくりとうなずいた。

「我々がおびきだしたのだ。今度こそ、香杏を滅ぼすために」

「カアンとは？」

そんなことも知らないのかと、雪大は驚いた。自分の名前を忘れたように、国の大事を忘れてしまったのか。それとも最初から知らないのか。その場合、ほんとうに、はるか彼方《かなた》の異国から、空鬼《そらんき》にでも連れてこられた人間ということになりそうだ。あるいは、見事に知らないふりをしているのか。

「香杏とは、もともとは督の一人だったのが、逆猪《さかい》川以西の督を束ねて好きなように振舞うようになった反逆者だ。そのうえ、逆猪川の東までも支配しようと、隙《すき》あらば攻め入ってくる。香杏を滅ぼさないかぎり、何度でも戦が起きる。畑は荒れ、民は疲弊する」

侵入者は、じっと考え込んでいるようだった。雪大は、同じことをもう一度、ゆっくりとしゃべった。侵入者がうなずいた。

「悪者、滅ぼすため、おびきだした。うまくいった。どうして、水、食べ物、ない」

どうやら話を理解したようだ。それに、頭の働きも悪くなさそうだ。

「この砦には、抜け穴があった。あそこから」雪大は、霧九が筒先を向けている場所を指さした。継ぎ目のない滑らかな岩壁の中で、そこだけ醜い裂け目がある。「森の中まで、人がかがんで通れる大きさの道があったのだ。森の出口は、木のうろに隠されていて、外からは絶対にわからない。六樽様と我々数人の督しか知らない、秘密の道だった」

侵入者が理解したしるしにうなずくのを待って、雪大は続けた。

「出口の手前にも、ここのような地下の部屋があり、水と食糧の貯《たくわ》えがあった。我々は、香杏をおびきだしたら、敵の知らない備蓄も使って籠城《ろうじょう》し、相手の消耗を待つつもりだった。その間に何人かは、地下の道から抜け出して、待機させてある援軍を呼び、水も食糧も尽きて砦の人間は弱りきっているだろうと香杏が油断した頃合いに、援軍と砦との挟み撃ちにしようと考えていた」

二回繰り返して、侵入者の理解を待った。その間に、霧九が〈見本〉をすませて、星人と席をかわった。

「ところが、ここが包囲されて四日後に、地下の道を支える岩盤が崩れた。道は完全に潰《つい》えて消えた。期せずして我々は、ほんとうにここに閉じ込められて、外との連絡をとることができなくなった」

千年以上前から存在した地下の道が、突然閉ざされてしまったことを、土ノ神の祟《たた》りだと考えている者もいた。涸湖の督など、それから毎日、土ノ神に祈りを捧《ささ》げることに多くの時間を費やしている。

しかし、いくら堅牢《けんろう》な岩盤でも、長い年月、空洞を支えていれば、いつかは崩れる。それがたまたまこの時だったのだと、雪大は考えていた。だいたい、もしも土ノ神が存在するなら、禍《わざわ》いをもたらす相手は、六樽様でなく香杏のはずだ。六樽様が大地を豊かにする政《まつりごと》に心を砕いておられる一方で、香杏の仕掛ける争いが、畑や村を荒らしているのだから。

それともやはり、あれは土ノ神のいたずらで、その結果があまりに悲惨だったので、理不尽な不運の埋め合わせに、空鬼がこの男をよこしたのか――。

侵入者の起こした不思議を目《ま》の当たりにしてから雪大の、鬼神などいないという考えが揺らいでいた。

「援軍、来ない、なぜ。知らせ、遅い。おかしい。来て、調べる、ふつう」

雪大の説明のあと、それまでより長く考え込んでいた侵入者が、口をきいた。

こんな疑問を抱くなど、この男、手に剣だこがなくても、戦と関わりのある仕事をしていたのかもしれないと、雪大は思った。そうでなければ、天性の洞察力か。

「香杏を確実におびき出すために、各軍には、指示があるまで絶対に動くなと言い含めてある」

そうでなくても軍というものは、督も手兵頭も不在では、まともに動けないものだ。だからこそ香杏は、この古くて小さな砦に、主だった督とその手兵頭が集まったのを確認し、自ら逆猪川《さかい》を越えたのだ。

三回目の〈見本〉の準備が整ったようだ。「では、まいる」とかけ声をあげて、星人が右手を動かした。筒は二つに折れたが、やはり何も起こらなかった。予想されたことなのに、星人はひどく気落ちした顔になり、いらだった視線を雪大に向けた。

「ご説明は、まだ終わりませんか」

「もうすぐだ」

雪大は侵入者に向き直った。

「あの筒から出た光の矢は、岩壁に穴をあけた。地下の道をふさいでいる岩にも、穴をあけられるかもしれない。それをおまえに頼みたいのだ」

下の丞が、戦道具とはこちらが勝手に付けた呼び名だと言い出したとき、霧九の頭に浮かんだのは、そのことだった。空鬼の筒は、人の手では傷さえつけられない岩に穴をあける道具でもある。そして、一撃で千人の敵を倒すより、地下の道をふたたび通れるようにするほうが、彼らにとって、はるかに意味のあることだった。

侵入者は激しく瞬《まばた》きをしてから、質問した。

「道の長さ、どれくらい」

雪大は答えたが、侵入者は首をかしげた。長さの単位がわからないのかもしれない。

「とても長い」と言い直した。

「だから、一回では無理かもしれない。しかし、光の矢は、とても強い」

実際、岩壁を貫いたあとも光の束は、勢いを減ずることなく天の彼方まで駆け昇っていった。その力強さに、雪大らは望みを託したのだ。

「長いなら、少し、ずれる。だめ。むこうと、くっつかない」

侵入者は、雪大が最も伝えたかったことを、自ら理解してくれたようだ。

「そうなのだ。少しでもずれたら、上に出る竪穴《たてあな》とつながらない。だからああして慎重に、向きや角度を測っているのだ。あの男が定めた位置からずれないように、細心の注意を払って、できるだけ長く岩をうがつことができるよう念じながら、あの筒を使ってほしいのだ」

「わかった」と、侵入者はうなずいた。

墨人《すみんと》は、手慣れた様子で器具をあやつり、筒先の位置を調整した。侵入者はひどく真剣な面持ちで、墨人の指示に従っている。

けれどもその手は、緊張でがちがちに固まってはいないようだ。墨人が定めた位置から寸毫《すんごう》も動かさない確かさを保ちつつ、もしものぶれを吸収する柔らかさももちあわせているように見える。

何かの技術を極めた人間の手だと、雪大《ゆきんた》は思った。

「では」

侵入者が気合いの入った一声をあげた。

筒の先から、光の束が噴出した。

太い棒のように見えるほど強い光だった。それなのに、横で見ている者の目を射ることなく、正面の岩壁までの短い距離をひた走り、壁に吸い込まれて見えなくなった。あたりから一瞬、あらゆる影が消え去った以外は、何も起こらなかったようでもあった。

けれども、布灯の火の揺らぎに合わせて踊る人影が、周囲の壁にふたたび現れたとき、侵入者の正面には、見事なまでに丸い穴があった。以前の道より小さいが、人が四《よ》つん這《ば》いで進めるだけの大きさはある。

庫帆《くらほ》が、侵入者の手から筒をひったくり、後ろの部分にぐいと目を近づけた。

「三つしかない。模様が一つ、減っている。墨人の言ったことは当たっていた」

霧九は、かがみこんで、穴に顔をつっこんでいた。

「暗くてよく見えないが、だいぶ先までつづいていそうだ」

穴から顔を出した霧九は、侵入者の右肘を支えていた手兵を起こして、腰に縄を巻き付けた。

「様子を見てこい」

そう言いつけて、夕光石を渡した。手兵は、白い石を首から吊《つ》るして、四つん這いになり、穴の中に入っていった。

霧九は穴の前にしゃがんで、手兵の進行に合わせて縄を繰り出していく。口をきく者は誰もおらず、長い間、縄の摩《す》れる音だけが聞こえていた。

縄の長さは、以前の横穴と同じにしてあった。霧九の足もとのとぐろがなくなれば、この横穴は、上に出るための竪穴に届いていることになる。向きさえずれていなければ。

全員が、固唾《かたず》を呑《の》んで見守った。

残りがあとわずかになったとき、縄の動きが止まった。

霧九は、様子をさぐるように軽く引き、驚きの声を発した。

「手応えがない」

あわてた様子で手繰り寄せたが、最後に出てきたのは、何にもつながれていない縄の端だった。

「どういうことだ。あんなにしっかり結んだのに」

「空気が悪くて、中で倒れてしまったのではないでしょうか」

墨人が言うと霧九は、「それでは、縄がほどけた理由にならない」と一蹴《いっしゅう》した。

「見てまいります」

霧九の別の手兵が自分の腰に縄を巻き、穴に頭をつっこんだが、胸まで入ったところで動きを止めた。

「遠くに明かりが見えます」

「夕光石か」

霧九が尋ねた。

「おそらくは」

「明かりは、動いているか。じっとしているか」

しばらく返事が聞こえなかった。時間をかけて見定めているようだ。やがて、穴から上半身を引き出した手兵は、主人に顔を向けて答えた。

「動いています。こちらに向かっているようです」

安堵《あんど》の吐息が、霧九の口から漏れた。

だが、手兵が無事でも、穴の先がどうだったかはわからない。他の者たちはまだ、息を詰めていた。

やがて、穴にもぐった手兵が戻ってきた。首にかけた紐《ひも》には、夕光石だけでなく、皮袋も下げられており、手兵が立ち上がったとき、ぽちゃんという魅惑的な音をたてた。

「なぜ、縄が解けた」

霧九が尋ねた。

「申し訳ありません。上から光が見えたもので、縄をはずして、登ってこれだけ取ってきました。少しでも早いほうがいいと思ったので。どうぞ、今すぐお口に含んでください」

手兵は、霧九に向かって皮袋を差し出した。

ごくり、と飲み込む唾《つば》もわかないのに、雪大の喉《のど》が動いた。霧九の喉仏も上下した。

だが霧九は、首を左右に一往復させて言った。

「奥方様へ、お届けせよ。早く」

「は」と一礼して、手兵は階段の先へと姿を消した。ぽちゃんという涼しげな音を残して。

届いたのだなと、雪大は思った。

侵入者の放った光の矢は、一回で、竪穴に届くところまで横穴をあけた。向きもずれていなかった。彼らはもう、希望のない古い砦に閉じ込められてはいないのだ。

霧九と手兵のやりとりから理解できたそのことが、ようやく雪大の心に届いた。他の者もそうだったのだろう。雪大が、ほうとため息をついたそのとき、「おお」とか「ああ」という声が、庫帆らの口から漏れた。墨人など、瞳《ひとみ》をうるませている。侵入者まで、至福の笑みを浮かべていた。

7

また地下室に閉じ込められた。結局、連れ出されてから一度も外に出ることなく。けれども、前回のような不安はなかった。なにしろ、今度は真っ暗ではない。あの、素振りをしていた親切な男が、明かりを置いていってくれたのだ。

不思議な明かりだった。何の仕掛けもなさそうなのに光を放つ、こぶし大の丸い石。燃えているわけではないのだそうだ。緑の髪の人たちが平気で触っていたから、熱くすらないのだろう。

けれどもソナンは、手をのばすのがはばかられて、触れずにじっとながめていた。

明るい場所で蓄えた光を、暗い場所で放つ性質の石なのだと、あの親切な男は言っていた。だからいずれ、光は弱って消えてしまう。それまでに迎えにくるつもりだが、約束はできない。緊急にやるべきことがいくつもあり、何にどれだけ時間がかかるか、わからないから。けれども、できるだけ早く外に出られるようにするつもりだから、安心して待っていてほしいと。

「待つ」と、ソナンは答えた。

「さっきは、真っ暗な中で待たせて、悪かった。この部屋は、風が通り抜けない。火を燃やす灯《あかり》を置いていっては、空気が悪くなって、命にかかわる。この光る石なら空気を汚さないのだが、数が少なく、さっきここに連れてきた者たちは、持っていなかったのだ」

そう言って、出ていった。

説明と、詫《わ》びと、ほのかな明かり。

この三つのおかげで、ソナンの心は安らかだった。さらに、ここを出ていた間のことを考えると、顔がほころぶ。

なにしろソナンは、彼らの役に立てたのだ。

横穴が、外に通じる竪穴《たてあな》とつながっているとわかったときの、彼らの喜びようを思い出すと、ほころんでいたソナンの顔は、さらにゆるんでくしゃくしゃになる。ソナンは役に立てた。これでもう、誰も敵だとは考えない。仲間に入れてもらえるだろう。

だがそれ以上に、緑の髪の人たちが、死への覚悟をかなぐり捨てて、精気にあふれたのが嬉《うれ》しかった。

ソナンはしばらくそうやって、歓喜の時の思い出にふけっていたが、ふと見ると、壁のところで折れ曲がっている自身の影がかすれていた。最初はもっと、くっきりしていたのに。

己《おのれ》の存在が薄れていっているのかと、ぞっとしたが、原因は明かりにあった。石の放つ光が、小さくなっているのだ。

手をのばして、触れてみた。周囲の壁と同じくらい、ひんやりしていた。

そのせいではないだろうが、光はどんどん弱まっていき、やがて完全に消滅した。わかっていたことなのに、不安になった。

明かりといっしょに心の中の火も消えたのか、思いが暗いほうへと向かう。

頭を冷やして考えれば、素振りの男は親切だったが、誰もがそうというわけではなかった。それどころか、地下の道が通じたあとも、不快そうな視線を向ける人物もいた。他の人たちも、良くて無関心、でなければいまだに不審者扱い。素振りの男は、ただ一人の例外だった。

確かにソナンは彼らの役に立ったが、裏を返せば、用済みになったともいえる。このままここに捨て置かれても、おかしくないのではないか。

闇《やみ》のあちらこちらから、不安がひたひたとしのび寄る。

ソナンは、光の消えた石をぎゅっと握った。

信じて待とう。そう決めたのだから。

「待つ」

暗闇に向かって、声を発した。

一度自分の口から出ただけの言葉だが、短いので、耳も口もはっきりと覚えていた。

「待つ」

これで、覚えた言葉は三つになった。

それに、素振りの男が、たくさんのことをていねいにしゃべってくれたので、彼らの言葉を聞くのに慣れて、長くて複雑な話も理解しやすくなった。今度、彼らの前に出られたら、今までよりもましな受け答えができるだろう。

だからそれまで、

「待つ」

けれども、光のない場所では、時の過ぎるのがなんとゆっくりしていることか。

時間は飛ぶように過ぎていった。

侵入者に話したように、やらなければならないことは、いくらもあった。

まず、森の地下倉庫から、水と食糧が運び込まれた。同時に、砦《とりで》から最も近い督領である涸湖《からこ》の城に、現況を知らせる伝令が出された。水と食糧が少しずつ、全員に配られた。一度に急に飲み食いするとからだを壊すと主張する伴軍医師が、厳格に分量を決め、食べ方や飲み方をうるさく指導しながらだったので、これだけのことで、ずいぶんな時を費やした。

それからようやく御前会議となった。

決めなければならないことはわずかなので、すぐに終わると雪大《ゆきんた》は思っていた。森への道が通じたからには、当初の計画に戻ればいいだけなのだから。

ところが、話が侵入者に及ぶと、議論は紛糾した。

最初に、いつまでも「侵入者」とか「不審者」と言うのはおかしいから、あの男を〈空鬼《そらんき》の落とし子〉、光の矢を放つ筒を〈空鬼の筒〉と呼ぶことが決められた。そこまではすんなりいったのだが、男の扱いで意見が割れた。

下の丞《じょう》と星人《ほしんと》は、素性がはっきりするまで拘禁しておくべきだと言い張った。もはや〈空鬼の筒〉を使わなくても、勝利は確実に手にできる。何を企《たくら》んでいるかわからない輩《やから》に危険な道具を持たせるのは、これ以上はやめるべきだと。

これに対して上の丞や庫帆《くらほ》は、星人が言うほど勝利が確実なわけではないと主張した。あれほどの威力の道具を死蔵するのはもったいない。あの男を信用し、〈空鬼の筒〉を使って、より確実で、味方の犠牲の少ない勝利を目指すべきだと。

それぞれの意見に賛成する者、反対する者、いろいろな声が続いたが、霧九《きりく》は終始、黙っていた。最初に見つけた人間としての思い入れから、公正でない意見を言ってしまうのを恐れたのかもしれない。

雪大も口を開かなかったが、心の中では、星人らの言い分に理があると思っていた。すでに、不確かな物事に全員の命を託さなければいけない段階は終わっている。今後は確実な道を選ぶべきだと。

けれども、そうしたことは星人が語り尽くしており、雪大が付言すべきことは残っていなかった。

それに、星人の主張には、理があっても情がない。情になど、かまっている場合ではないのだろうが。

「みなの言いたいことは、よくわかった」

六樽《むたる》様の一言で、場が静まった。ご決断が述べられるのだと、誰もが思った。

ところが六樽様は、予想外のことを言い出された。

「その男を、連れてまいれ」

「危険です」即座に星人が諫言《かんげん》した。「どんな能力を秘めているか、何を企んでいるか、わからない相手です」

「会わずには、その男と〈空鬼の筒〉をどうするか、決めることはできない。それに私には、その男に、会って言わねばならないことがある」

「御前に参上できないほどの粗末な身なりですが」

下の丞が、理由ともいえない理由で反対の意を表明した。身なりなどどうでもいいとおっしゃるものと雪大は考えたが、またも予想ははずれた。

「ならば、しかるべく着替えをさせて、連れてまいれ」

低頭する星人の顔がこらえきれずに歪《ゆが》むのを、雪大は確かに見た。どうやら八の丞は、まだじゅうぶんには平静でないようだ。

しかるべき衣装といえるものは、奥のお部屋で作られたばかりの白い正衣《まさごろも》しかなかった。これなら、まだどんな身分の色にも染められていないし、どこの督章もついていないから、正体不明の男にも着せることができる。

けれども、両手を伸ばして突っ立っている〈空鬼の落とし子〉に、霧九の督の手兵がてきぱきと着付けていくのをながめていると、星人の胸はざわついた。

これまでに、そんな格好で六樽様の御前に参上したのは、星人ただ一人だけだった。あの時さんざんそう言われたし、その後もそんな事態は起こらなかったのだから、間違いない。

星人の場合、色に染めるだけの身分を持たなかった。また、小さな督領の出身だったが、剣を持つ身でもないのに、衣に督章を入れることはできないため、苦肉の策で白い正衣となったのだ。

けれども、ただ一人純白の衣でいることが、どんなに晴れがましかったかを、星人は昨日のことのように覚えていた。苦肉の策は、ありえないほど低い身分の人間が、六樽様にお目見えすることを意味していた。すなわち、星人が自身の力で、誰も越えたことのない高い壁を乗り越えたのだと。

もって生まれた才覚だけで、それが果たせたわけではなかった。幾度も周囲の無理解に泣き、絶望に苛《さいな》まれ、それでも努力を続け、血を吐くような思いもし、ようやく達成できたのだ。

それをこの、どこからか忽然《こつぜん》と現れた、まともに口もきけない男が、まるで星人のあの苦労を嘲笑《あざわら》うかのように、あっというまに成し遂げようとしている。

しかも、星人の場合、どんなに身分が卑《いや》しくても、れっきとした、弓貴《ゆんたか》の地に生まれ育った人間だ。この男は、どこから、何をしに来たのか、そもそも本当に人なのかすら、さだかでない。

星人の胸の内には、黒々とした感情が渦巻いていた。彼はそれを、不吉な予感だと受け取った。

この男はきっと、六樽様と弓貴の地に、ひどく悪いことをもたらす。

もちろん、彼らはすでに、それ以上悪くなりようがないほどの状態にあった。そこから救ってくれたのは、この男だ。それは認めなければならないが、嫌な予感は高まるばかりだった。

着付けが終わると〈空鬼の落とし子〉は、手触りを確かめるように自分の腕や胸をなで、首をひねって肩の後ろをのぞくと、言った。

「背中の、ひれ」

周囲の者が首をかしげると、言い直した。

「背中に垂らす、布。ない」

この男は、図々《ずうずう》しくも、背蓋布《はいがいふ》を要求しているのか。

星人の頭に、かっと血がのぼった。腰に刀を佩《は》いていたら、思わず切りつけていたかもしれない。

背蓋布の着用が認められているのは、各督領で、督とその側近の多くて十名。六樽様の直臣でさえ、三十名もいなかった。すなわち背蓋布は、位を極めた証《あかし》。この国の人間なら、見ただけで平伏したくなる、高位の象徴なのだ。

この男がほんとうに、何も知らず、何も覚えていないのなら、呰には作戦の性質上、背蓋布を着けた人間が集まっているから、ありふれたものに見えたかもしれない。だが、そうだとしても、こんな厚かましい要求は、耳にするだけで腸《はらわた》が煮えくり返る。もしも意味を知っていながら知らないふりで言ったのなら、いつか必ず殺してやる。

星人が、そうした怒りを表に出さないよう、必死でこらえている間、鷹陸《たかりく》の督が男に向かって、背蓋布の意味を説明した。

「要するに、資格のある者しか、着けることはできないのだ」

〈空鬼《そらんき》の落とし子〉は神妙にうなずいたが、「だったら、いい。このままで」などという不遜《ふそん》なせりふで、あらためて星人の胸をむかむかさせた。

下の丞は、疲れていた。

とっくに隠退していていい歳《とし》なのに、香杏《かあん》のせいで、六樽様を補佐する重責を軽々に新人に譲るわけにはいかなくなった。戦が続いたために、四の丞と五の丞は空位のままで、仕事は増える一方だ。当たり前の日課をこなすのでさえ、いちいち「やれやれ」とつぶやくほどの老骨に、鞭打《むちう》つ日々が続いていた。

そこに、このたびの試練だ。老齢ゆえに、戦には出なくてよくなっていたのに、砦に出向くだけだと言われてそうしたところ、合戦よりもつらいめにあった。

そもそも、昨今の世情はあわただしすぎると下の丞は思う。彼が若い時分には、もっと世の中は安定していた。物事が、あるべきように落ち着いていた。

ところがここ二十年ほどは、庫帆の港に頻繁に異国の船がやってくるようになったし、香杏のような叛逆者《はんぎゃくしゃ》が、国の半分を好きなように動かしだした。

無論、六樽様のせいではない。星の巡りというものだ。けれども、どこの馬の骨ともわからない青二才が、六樽様の直臣にとりたてられ、八の丞にまで上り詰めて背蓋《はいがい》布《ふ》をなびかせるなど、鬼神がいたずらで世の中の有り様をひっくり返したとしか思えないことが起こったりする時世に、下の丞は疲れていた。

それでも、六樽様を精一杯補佐し、従っていれば、ふたたび世情は安定すると信じてきた。それが叶《かな》わないまま、共に死ぬ覚悟もした。その苦境を脱することができたのはいいが、あのまじめな霧九の督や、鬼神の不思議を受け付けないはずの鷹陸の督までが〈空鬼《そらんき》の落とし子〉と呼ぶ、正体不明の人物が現れるとは、いったい世の中は、どうなってしまったのか。

その人物について議論することまでは役目として果たしたものの、どこか絵空事のような気持ちがぬぐえなかった下の丞は、〈空鬼の落とし子〉なる者が、実際に目の前に連れてこられるという事態を前に、自分のほうが絵空事の、時代に合わない古い物語の中の人物になったようで、やりきれなかった。

こんな怪異につきあわねばならない日が来るとは、長生きをしすぎた。世の中がもっと当たり前である間に、この世を去っていればよかったと、これから現れるものへの恐れと嫌悪《けんお》にげんなりしながら畏《かしこ》まっていたのだが、霧九の督らとともに入室した〈空鬼の落とし子〉は、拍子抜けするほど普通だった。確かに、短いざんばら髪は輝く白で、容貌《ようぼう》も独特だが、聞いていたほど異様ではない。

男は指示された場所で、ぎこちなく膝《ひざ》をつき、ぎこちなく頭を下げた。

思いのほか若く、若者特有の熱を帯びた目をしていた。

その目で六樽様を見つめている。崇拝の念が手に取るようにわかる眼差《まなざ》しだった。

戦や病で命を落とした若者たちの顔が、下の丞の脳裏をよぎった。

こんな目をする人間は、人生を急ぐように駆け抜けて、早くにこの世を去るものだ。きっと、長いつきあいにはならない。

下の丞がそんな予感に打たれたとき、六樽様が口を開かれた。

「まずは、礼を言いたい。そなたのおかげで、この砦にいる全員が、命を救われた。感謝している」

鷹陸の督をはじめ何人かが、はっと息を呑《の》んだのが聞こえた。

おそらくこの時まで、誰も礼など言っていない。そんなことは、思いつきもしなかったろう。

下の丞も、経緯《いきさつ》の報告を受けたとき、不可思議な出来事への驚きやら、死地を脱したことへの安堵《あんど》やら、珍妙な話をあやしむ気持ちやらで心も頭もいっぱいになり、自分の名前もわからないという人物に礼を言うなど、考えも及ばなかった。

だが、六樽様はちがった。歴代の六樽様がそうであったように、当代も、言動の根源に、いつも人の道がある。

あらためて畏敬《いけい》の念に胸を熱くした。

もしかしたら下の丞自身も、初めて役目にあがった頃には、この男のような目で六樽様を――先代の六樽様だが――見ていたのかもしれない。それなのに、早死にするどころか、こんなにも長生きをしてしまった。いつの時点でか、惰性とか慣れとかのために、熱い眼差しを失ってしまったからだろうか。

「そなたは、名前も、どこから来たかもわからないそうだが、では、これからのことならどうだ。これからそなたは、何がしたい」

六樽様のお尋ねに、〈空鬼の落とし子〉は胸を張って答えた。

「おまえに、仕える。香杏と、戦う」

驚愕《きょうがく》。嫌悪。怒り。下の丞から顔の見える者たちはみな、これらの表情を浮かべていた。下の丞自身も、男がまともにしゃべれないことや、図々しい願いをもっていることを聞いてはいたが、実際に耳にすると、酢に漬けすぎた田螺《たにし》を食べたときのように、顔がひきつるのを抑えられなかった。この聞き苦しさは、腹立たしいというより、苦痛に近い。

ただ一人、六樽様だけは落ち着いておられるようで、泰然としたご様子でおっしゃった。

「一度、私に仕えることになったら、途中でやめることはできないぞ。主臣の契《ちぎ》りは、生涯のものだ。命のあるかぎり私に従い、私が死ねと命じたなら、いつでも命を投げ出さねばならない。それだけの覚悟が、おまえにあるか」

八の丞が、ごほんと大きな咳《せき》をした。六樽様の御前で無作法なことだが、わざとのようだ。

六樽様がお召しになった人物とお話しなさっているときに、八の丞の立場では口をはさめない。けれども、このやりとりは危険だ。〈空鬼の落とし子〉が覚悟を示せば、六樽様は正体不明の人物を、直臣におとりたてになりかねない。早く止めろと、口をはさむことが許されている上下の丞に、咳で合図したのだ。

それは理解できたのだが、下の丞はすんなりと合図に従うことができなかった。話のなりゆきには、彼も危惧《きぐ》を抱いていたが、八の丞ごときに咳で動かされるなど、ご先祖様がなんとお思いになるか。

するとふたつの声が同時にあがった。

「ある」

「六樽様、どうか」

上の丞は、下の丞ほど星人の出自を気にしていないか、あるいは危惧の念がより大きかったのだろう。躊躇《ちゅうちょ》を感じさせない様子で、六樽様に意見した。

「そのようなお話には、熟慮を要します。物事が落ち着いてからになさるほうが、よいのではございませんか」

「熟慮なら、した。いかにじっくり考えるかは、時間ではなく質の問題だと、かつて、そなたは言わなかったか」

六樽様のお声は、静かなのに力強かった。心をしかと定めていらっしゃるのだ。

こういうときのご決断には、それがどんなに突飛であろうと、口出しすべきではないと、当代に仕えるようになってから数年で、下の丞は学んでいた。

「ほんとうに、揺るぎのない覚悟があるのだな」

六樽様はふたたび、〈空鬼の落とし子〉に向かってお尋ねになった。

「ある。覚悟、ある。仕える。絶対。一生。忠実に」

あたりはざわめきたった。顔に気持ちが表れにくい霧九の督さえ、不安げな面持ちだ。六樽様は、それらの非礼をとがめられるご様子もなく、やさしいお声でおっしゃった。

「みなの心配はわかるが、森への道が通れるようになったからといって、すべてが元通りになったわけではない。弓貴《ゆんたか》の大きな禍《わざわい》である香杏の脅威を確実に取り除くために、〈空鬼の筒〉は、使えるものなら使いたい。そして、我が臣でない者に、これ以上、戦の大事を任せるわけにはいかないのだ」

言われてみればその通りだが、さきほどの熱い論戦のとき、そんなことは問題にならなかった。正体不明の男を家臣にとりたてるなど、下の丞の頭には浮かばなかったし、他の者たちも、言及しなかったのだから同様だろう。閉じ込めるか、利用するかの二者択一だけを論じていた。

やはり、六樽様のご思慮にはかなわない。どんなに突飛に思えても、ご決断には黙って従おうと、下の丞はあらためて思った。

八の丞は、そう思わなかったようだ。そして、「みな」に話しかけられた以上、口を出してもかまわないと判断したのだろう。

「それなら、督のどなたかの家臣になさっては。直臣になさる必要など、どこにもございません。どうぞ、お考え直しを」と訴えた。

六樽様はそれに構わず、命じられた。

「この者を、我が臣となす。準備をいたせ」

きっと六樽様は、最初からその心積もりでおられたのだ。だから、「しかるべく着替えをさせて」などと、常にないことをおっしゃったのだと、下の丞は合点がいった。

「どうか、ご再考くださいませ。こんなあやしげな、素性も名前もわからない者を直臣になど……」

八の丞はあきらめが悪かった。彼自身、直臣にとりたてられたとき、「素性がこれほど卑しい者を」とさんざん言われたのだから、このせりふは諸刃《もろは》の剣だ。本来なら、口にしたくはなかっただろう。それでも言わずにいられなかった八の丞の心中を思って、下の丞はいささか同情的な気持ちになった。

けれども六樽様は、楽しそうにおっしゃった。

「おお、そうだ。名前がわからないままでは不便だな。我が臣を〈空鬼の落とし子〉などと呼ぶわけにいかない。何か良い名を考えよう」

「御自《おんみずか》ら、この者に名前をお授けになるというのですか」

八の丞の声は震えていた。

「レイオイウ」

〈空鬼の落とし子〉が口をきいた。それが、「礼を言う」だと気づいたとき、下の丞の両手もわななないた。

「ありがたき幸せでございます、感謝申し上げます、と言いたかったのかな」

鷹陸の督があわてた様子で、〈空鬼の落とし子〉に声をかけた。

男は目を丸くして、きょろきょろと周囲を見てから復唱した。

「ありが…き、しわせで…ざい…ます。感謝もし、……あげます」

六樽様は、ふっとお笑いになってから、宣告された。

「では、そなたの名前は、空人《そらんと》だ」

「ソラン……ト」

男の声は、弱々しかった。

「何だ、不満か」

男は、こくりとうなずいた。

この反応には、さすがに六樽様も気を悪くされたようだ。

「なぜ、不満なのだ」

お声が硬くなった。

無理もない。お仕えしたいと熱望している相手がくれる名なら、どんなものでもありがたく頂戴《ちょうだい》すべきということは、何も覚えていない人間でもわかるだろうに、いったいこの男の頭の中は、どうなっているのか。それに「空人」は、しごく妥当な名前だ。少々珍しい響きではあるが、空から来たという人物にふさわしい。まさか、高貴な家に生まれないと与えられない「大」や「主」の字が欲しいというのか。

下の丞がそう危ぶんでいるあいだ、男は口をもごもごさせたり、目を伏せて考え込むそぶりをしていたが、やがてまた、昂然《こうぜん》と顔を上げた。

「不満、ない。俺、空人。感謝もし、あげます」

「ほお」と何人かが、安堵ととれるため息をついた。

この男の一言一言に、誰もが振り回されっぱなしだと、下の丞は嘆かわしい気持ちになった。

それからあわただしく準備がなされ、主臣の契りを結ぶ儀式が執りおこなわれた。空人と名づけられたざんばら髪の男は、直前に鷹陸の督に教え込まれた最低限の動きとせりふを、ぎこちなくも、どうにかこなした。

儀式は短いものだったが、下の丞は終わったときに、またひどい疲れを感じた。

これで、正体不明の不思議な男が、正式に六樽様の直臣となった。これからますます、下の丞の老いた頭には理解できないものごとが起きることになるのだろう。

そう考えて暗澹《あんたん》としたが、わけのわからなさもここまでくると、おかしなことに、どこか楽しみな気もしてきた。

おかしな気持ちだった。

額飾りの人物――ムタル様と呼ぶのだということは、もう覚えた――を初めて目にしてから、おそらく一日も経《た》ってはいない。それなのに、幼い頃からずっと抱いていた悲願を達成したような心持ちなのだ。

だから、名前も受け入れられた。

最初に耳にしたときには、絶対に嫌だと思った。「ソラント」の上三音は、あまりに「ソナン」に似ている。せっかく新しく生き直そうとしているのに、まったく違う場所で、違う自分になれると思っていたのに、名前を呼ばれるたびに以前の人生を思い出すのは、まっぴらだ。

けれども、拒否することが許される雰囲気ではなかった。

それに、響きが似ていることを斟酌《しんしゃく》せずに、こんな名前をつけようとするのは、この人たちが「ソナン」という名を知らないからだ。彼らは、黒い棒をくれた存在のことを「ソランキ」と呼んでいる。そこからの命名にちがいない。

できれば異なる響きの名前で再出発したかったが、ムタル様が考えてくれたのだ、受け入れよう。以前の人生のあれこれに、惑わされるのはやめようと心を決めた。

それから九回、夜が来て、朝が来た。

空人《そらんと》は毎日、新しいことを覚えた。覚えなければならなかった。

なにしろ、この世界についての彼の知識は、幼児以下。ごくごく当たり前のことも知らずにいるのだから、世話係のように常にそばについている二人の男は、しょっちゅうあきれて、天を見上げた。

世話係は頻繁に入れ代わるので、名前を聞いても覚えきれなかった。天幕屋敷の中は常にあわただしく、誰もが忙しそうだった。手の空《す》いたものが代わる代わるに空人の世話を——そして見張りを——しに来ているのだろう。

彼らはあきれたあとで、適切な言葉づかいとか、必要なしぐさとか、「常識的な事柄」を教えてくれるのだが、早口だったり、言い回しが複雑だったりして、理解できないことも多かった。すると、いらいらしだす者もいて、空人は途方に暮れるのだった。

そんななか、一日に一度はユキンタが来てくれるのが救いだった。

ユキンタは、なんでもていねいに教えてくれる。顔を見て、空人が理解したのを確認してから、話を先へ進める。おかげで、九日間で多くを学べた。

ほんとうは、「ユキンタ」ではなく、「タカリク様」と呼ばなければいけない。三日目くらいに、名前を覚えられなかった誰かにそうたしなめられた。ユキンタ様は、タカリクの支配者で、とても偉い人なのだと。

けれども、本人がそう名乗ったのだし、この世界で初めて覚えた人の名前なのだから——「ムタル様」というのは、「タカリク様」と同じく称号のようだ——ほかに人の耳がないときや心の中では、その後も「ユキンタ」と呼んでいる。

彼が偉い人間だということは、言われる前から知っていた。なにしろ、ハイガイフをつけている。あの美しい背中のひれは、うんと身分の高い者しか着用できないのだ。

自分もいつか、あの布を腰の下でひらひらさせて歩ける日が来るだろうか。

未来に思いを馳《は》せると、心が躍った。そんな気持ちになれることが嬉しかった。明日が待ち遠しい思いで眠ったことなど、ソナンだったころには覚えがない。

世話係にあきれられ、いらいらされても、新しいことを知っていくのは楽しかった。ましてやユキンタがていねいに教えてくれるときには、もっともっとと、せがみたくなるほどだ。

物事がひとつわかると、景色が変わる。装飾品だと思っていたものの用途がわかると、また一歩、彼らの生活に入り込めた気がする。

覚えることだらけの一日は短く、濃密だった。

四日目に、砦を守る岩壁の上に案内された。

身を低くして、のぞき穴から包囲軍の様子をうかがった。上からながめたときと、大きな違いはないようだった。

地下の道から外に出て偵察してきた者たちも、そう報告をしたそうだ。カアンに、自ら動くつもりはない。こちらが捨て身の攻撃をしてきたときに迎え撃つ準備だけ整えて、砦の中の者が飢え死にするのをじっと待っている。

敵の様子をさぐった結果、そのように判断されていた。

「この正面に本陣がある。カアンはあそこにいるのだ」

頰をくっつけあうようにして、同じのぞき穴から包囲軍を見ていたユキンタが言った。

「援軍が所定の場所に到着したら、まず、おまえが、〈ソランキの筒〉で、あそこを撃つ。それを合図に、我らの反撃が始まる」

ずいぶん重要な役目を任されたものだ。信頼されたからでも、能力を見込まれたからでもなく、あの棒の威力ゆえだが。

それから毎日、岩壁にのぼって、ユキンタやホシント、キリクたちと、この第一撃について相談した。

ホシントは、空人がこの名をもらうのにも反対した、常に不快げな視線を向けてくる人物だが、どんなに顔が嫌そうでも、空人の言うことを頭ごなしに否定したりはしなかった。寝そべってのぞき穴から狙《ねら》うより、立ち上がって姿勢を正してのほうが、うまく撃てそうな気がすると言ったら、彼らはその利点、欠点を述べあったあと、そのほうがいいと結論を出した。

包囲軍から岩壁までは、どんなに強い矢も届かない。立ち上がって、敵が馬を出したり、投岩器を動かしたりしないうちに撃てばいいという。

空人が地下の道から外に出て、敵の本陣を横から撃つという方法も、一度は検討された。光の矢はまっすぐに進む。正面からでなく、横手から放つほうが、大きな損失を与えられそうだからだ。

だが、このやり方では、攻撃地点に行く前に、敵に見つかるおそれがある。最悪の場合、〈ソランキの筒〉が敵の手に渡る。それだけは絶対に避けなければならない。やはり、反撃の第一矢《だいいっし》は、岩壁の上からとなった。

ふさがれていた地下の道を開けるときには、棒をできるだけ動かさないようにしたが、今回は横に振りながら撃つことになった。光の矢が出る時間はごく短いから、効果があるかはわからないが、少しでも広範囲の敵を倒すためだ。

天幕屋敷の外庭で、練習をした。彼らは、あの棒と、長さも重さもまったく同じものを作っており、同じ場所で折り曲げられるようにもなっていた。本物とちがって曲げるのにいくらか力がいるが、それはしかたのないことだろう。

偽《にせ》の棒を使って練習し、岩壁にのぼって彼が消滅させるべき場所をながめ、新しい言葉やしきたりを覚えながら、援軍の到着を待った。

そして、その日が来た。

岩壁にのぼって伏せたとき、空人《そらんと》の心にふと、疑問が浮かんだ。光の矢が当たった者は、どんなふうに死ぬのだろうと。

岩にすっぽり穴があいたように、何も残さずきれいに消滅してしまうのだろうか。その瞬間は、痛いだろうか。苦しいだろうか。何を感じる暇もないのだろうか。光の束の境い目にいた者は、からだの一部だけが消えるのだろうか。そして、残った部分から、どっと血が噴き出すのか。

よけいなことだと、空人は頭をぶるんと振って、雑念を追いやった。

「しっかり頼むぞ」

ホシントが、〈ソランキの筒〉を手渡した。ユキンタやキリク様やクラホ様は、自軍と合流すべく、すでに砦を去っていた。

「では」と言って、空人は立ち上がった。たしかこれは、重要なことをおこなう前の、合図の言葉だ。

包囲軍は、連日のぞいたときと変わらない布陣だった。その背後にいるはずの味方の軍は、うまく隠れているようで、空人には見つけることができなかった。

空人は〈ソランキの筒〉を構えて、事前に指示されていたように、ふたつの立派な天幕の間に狙いを定めた。右手を前方に折りながら、筒先をわずかに横に動かした。光の束が噴出した。

前二回のときよりも強力な光のように感じたのは、そのようなものが出るとわかっていたうえに、長い距離を走るのを、はっきりと目にしたからかもしれない。

あいかわらず、手には何も感じなかった。音もしなかった。

光が消えると、立派な天幕のひとつがなくなっていた。そのあたりに深い穴があるように見えたが、すぐに人が入り乱れたので、わからなくなった。それに、いつまでも見てはいられない。反撃の狼煙《のろし》をあげたからには、迅速に次の行動にうつらなければ。

空人は、〈ソランキの筒〉を引ったくるように取り上げたホシントとともに、岩壁を下りた。

天幕屋敷の外庭に降り立ったとき、遠くでどよめきが聞こえた。援軍が、敵に襲いかかったのだ。

それを聞いて、扉の前で待機していた集団が出陣した。空人は、最後まで砦に残ることになっている守備隊とともに、周囲から押し寄せてくる合戦の大音声《だいおんじょう》に、血をたぎらせた。

8

気配を感じて振り向くと、岩陰から飛び出た敵が、矢を放とうとしていた。とっさにからだを沈めながら、空人《そらんと》は叫んだ。

「後ろ」

矢をやりすごして、振り向いた格好のまま鞍《くら》の上にからだを起こすと、別の射手が彼よりわずか右に向かって、弓を引き絞っていた。狙《ねら》う先は、おそらく雪大《ゆきんた》。

何を考える間もなく、剣を抜いて振り上げた。飛んできた矢は、跳ね上がりながら二つに折れて、地面に落ちた。

馬は、乗り手の急な動きによく耐えて、暴れもよろめきもせずにいてくれた。空人は、剣を握ったままの手でぐいと手綱を引き、岩間の狭い道で方向転換させて敵に向かった。鷹陸《たかりく》の兵がそれに続いた。もちろん、雪大も。

これが、三カ月に及んだ行軍の中で、最も身近に危険が迫った戦いとなった。

このとき彼らは、敵の罠《わな》にはまって本隊と切り離され、十数人で動いていた。そして、奇襲を受けたのだった。

怖いと感じる余裕も、初めて人を斬《き》り殺す経験に何らかの思いが生じるゆとりもなく、ただがむしゃらに戦った。血飛沫《ちしぶき》を浴びながら二人を仕留め、一人に深手を負わせた。彼自身も浅い切り傷をいくつか受けていたことは、あとでわかった。相手はこちらの三倍はいたが、気がつけば、生きている敵は散り散りに逃げ去っていた。

そうして彼らは死地を切り抜け、本隊と合流して、香杏《かあん》の残党のひとつを壊滅させた。

空人が砦《とりで》の岩壁《いわかべ》から放った光の矢は、香杏とその側近を音もなく消滅させた。見たことも聞いたこともない謎《なぞ》の攻撃で指導者を失った包囲軍は、混乱をきたし、後ろから襲ってきた大部隊にろくに応戦もできずに敗北した。

けれども、それで終わりとはいかなかった。香杏の息子二人と弟が、混乱に乗じて逆猪《さかい》川の向こうまで、精鋭を連れて逃げ延びたのだ。

この残党を退治するのに、三カ月かかった。

空人は、六樽《むたる》様の直臣として砦に残った後、本隊とともに都に向かったが、馬に乗れることがわかると、霧九《きりく》の督の〈預かり〉となって、香杏の弟を追う霧九軍と行動を共にすることになった。

霧九の督の森主《もりんしゅ》は、無口な男だった。

多くは語らないが、大事なことはずばりと言う。「おまえは誰だ」と問われたときもそうだったなと、空人は、この世界に来てすぐの出来事を懐《なつ》かしんだ。

霧九軍では、草人《くさんと》と岩士《いわんし》という二人の男が、世話係兼見張りとなった。

この二人も、空人のあまりの無知にあきれたりいらだったりは、それまでの世話係と同じだったが、交代せずにずっとついているので、そのうち慣れてくれたようだ。たまにため息をつきながらも、基本の基本から教えてくれるようになった。

おかげで霧九軍との一カ月が過ぎるころには、日常のことはひとりでこなせるようになった。日常といっても旅の日常だが、そのぶんやるべきことが凝縮していて、わかりやすい。寝起きや飲み食い、服の脱ぎ着まで、空人の知っていたやり方とあれやこれやが違っていて、覚えなおすというより、幼児に戻ってしつけられている気分だったので、六樽様のお城で正式な作法とともに学ぶことになっていたら、「こんなのは無理だ」と投げ出してしまっていたかもしれない。

行軍中だからすべてが簡便なうえ、〈六樽様からの預かり人〉にして〈空鬼《そらんき》の落とし子〉だからと、さまざまな非礼が大目に見てもらえて、助かった。

言葉もそうだ。普段の会話なら、頭に浮かぶ意味に頼らず交わせるようになったが、目上か目下か同輩かでの使い分けにまでは手が回っていない。そもそもいまだに、身分の上下が大ざっぱにしかわからない。衣服の色での見分け方を教えられたが、彼らの言う鳶色《とびいろ》と檜皮色《ひわだいろ》が、空人には同じ茶色にしか見えなかった。しかたがないので、無頓着《むとんじゃく》を装《よそお》って、誰に対しても同じように話している。

霧九軍に移ってから、馬具や武具の扱い方も教わった。馬具は、見た目ほどには彼が知っていたものと違いがなかったので、すぐに扱えるようになったが、剣のほうは、握り方から覚えなおさなければならなかった。しかも、言われたようにやっても、ふらつくばかりで、少しも上達しなかった。

とにかく、重い。そのうえ長くて重心がとりづらいので、持ち上げて、じっと構えるのも難しいのだ。これでは実戦に出せないと、霧九軍にいる間は、合戦に参加させてもらえなかった。

一度、香杏の長男を追っている六樽様の軍に移動し、〈空鬼の筒〉を渡されて、星人《ほしんと》の指示する場所に向かって光の矢を放った。これをもって合戦に参加したと言おうと思えば言えるのかもしれないが、その矢がどんな役割を果たしたのか、空人は知らないままだ。

なにしろ、光の矢を放ちおわると、模様があと一つになったのを確認するかしないかのうちに、筒を星人に取り上げられ、何の説明も受けないまま霧九軍に送り返された。

追討軍というものは、日々戦っているわけではない。ほとんどの時間は、移動と待機に費やされる。霧九軍も、いっしょにいた一カ月の間で敵と剣を交えたのは、二度だけだった。

けれども、その時のためにすべての日々があるのだから、後ろで見ているだけなのは、歯嚙《はが》みしたくなる思いだった。使い慣れたあの軽い剣があれば、剣術大会で優勝した腕前で、どれだけ活躍できただろうと、悔しくてたまらなかった。

だが、彼はもう、ソナンではないのだ。雲の上で〈空鬼〉と会ったときより前のことは、忘れなくてはならない。いや、なかったことだと思わなければならない。彼らにも、そう答えたのだから。

それに、ソナンだったときのことを思い出すと、苦しい思いも蘇《よみがえ》る。

長い廊下。勘当。金策に走った三日間。橋の上の出来事――。

空人は、ソナンの記憶を頭の奥に封じ込めた。ソナンの国とこの国とを比べることも、やめるよう努めた。すると、遠回りでも、さまざまなことが理解しやすくなった。

たとえば、督というのは領主のことだと、最初は考えていた。

空鬼のおかげで頭に浮かぶ意味は、ひとつの言葉をじっくり考えようとするとき、役に立たない。聞いたせりふが全体として理解できるだけだからだ。その限りでは、督は領主で間違いないと思っていたが、いろいろな話を聞くうちに、領地や領民に対して、王に等しいほどの権限をもっているとわかってきた。

しかし、督が王なら、六樽様は何にあたるのか。王より上の存在とは――。

そして、比べることの愚かさを悟ったのだ。督は督。六樽様は六樽様。そう受けとめなければ、きっと何もわからない。

正衣《まさごろも》という衣服も、最初はずいぶん動きにくいものだと思った。これを王都防衛隊の制服と取り替えるだけで、軍の戦闘能力は倍増するのではないかと。

けれども、緑の髪の人たちは、正衣の上に鎧《よろい》をつけて、軽々と動く。慣れの問題なのかもしれない。比べてはいけないと、空人はあらためて肝に銘じた。

とはいえ、生まれてから十九年間で身に付けた物事を、すぐにさっぱりと脱ぎ捨てられたわけではなかった。

一目惚《ひとめぼ》れした世界のことだから、多くは以前の世界より好ましかった。食べ物の味にもすぐに慣れた。天幕に使われる布の美しさや機能性、景色のすがすがしさや乾いた風のさわやかさ、緑の髪の人たちのふとしたしぐさの優美さといった心地の良いことには、なじむのに何の苦労もいらなかったが、心やからだが〈こんなことは受け入れられない〉と悲鳴をあげる物事も、ないではなかった。

たとえば、食べ物を素手でつかむこと。初めてどろりとした茶色い粥《かゆ》を指ですくって口に入れたときには、こらえきれずに吐き出してしまった。

だがこれも、やがて慣れた。食べ物ごとに決まっている指の使い方やぬぐい方も、霧九軍とのひと月の間にすっかり覚えた。

その後、理由はわからないが、預けられる先が霧九軍から鷹陸軍へと変更になり、雪大《ゆきんた》のもとで二カ月を過ごした。雪大は、砦にいたとき以上に親身になって、さまざまなことを教えてくれた。

まずは文字。空人が読み書きできないことを知ると雪大は、驚いたように目を見開いたが、すぐにいつもの穏やかな顔に戻って、「字を知らなければ、正衣を着る者の責務を果たせない。一日一文字ずつでも覚えるように」と、布を束ねた練習帳と筆記具をくれた。

毎朝きまって雪大が、布帳にその日覚える文字を書き、空人は暇を見つけて練習した。筆記具は、植物の茎らしきもので、先端には尖《とが》った金属が取り付けられている。

その先端を布につけて、茎の真ん中あたりを軽く押しながら動かすと、中の墨がいい塩梅《あんばい》に流れ出て、きれいな線を引くことができた。一度使った布帳は、移動の途中で小川などを見かけたときに、水にひたしてよく洗うと、きれいになって、また使えた。

最初に教わったのは、彼の名前の文字だった。字にはひとつひとつに意味があり、「ソラ」とは「空」だと知った。空人という名が好きになった。その音が、かつて耳になじんでいた何かの響きに似ていることは、すでに意識から消えていた。

雪大は、どんなに時間に追われる日にも、空人に新しい字を教えることと、三十三回の素振りを欠かさなかった。そして素振りの前後には、剣を扱うこつを少しずつ、空人に伝授してくれた。

人々の話によると雪大は、剣の達人として名高いのだそうだ。確かに彼の素振りには、見惚《みと》れるほどの美しさがあった。三十三という回数は中途半端《はんぱ》なものに感じたが、十一ある基本の型を三回ずつおこなうからだそうだ。日々の鍛練は、数をこなせばいいというものではない。この回数が、集中力をたもったまま、からだと技を鍛えるのに最適なのだという。

雪大に教わりながらやってみて、なるほどと思ったが、十一の型を三回ずつというのは、それだけが理由ではなさそうだった。

なぜなら、緑の髪の人たちは、三という数を特別視している。髷《まげ》の数は三つだし、六樽様という呼称にも三の倍数が入っている。暦も、九日を三回繰り返した二十七日間がひと月だ。

また、砦から都に向かう行列に加わっていたとき、三の丞と呼ばれる十歳くらいの男の子を見かけた。上の丞、下の丞、八の丞が六樽様の側近だから、この子も幼いながらにそういう立場にあるのかと驚いたら、そうではなくて、六樽様の一人息子だと教えられた。つまり、三の丞とは、世継ぎの別称なのだ。

三十三という回数も、だから、中途半端などではなく、彼らにとって意味のある数なのだろう。雪大は、始めるまでに時間をかけて息を整え、ひと振りたりとも手を抜かず、毎日みごとにやりきった。

その美しい剣筋は、見ているだけで勉強になった。また、彼の教えは具体的でわかりやすく、雪大に言われるままに練習するうち空人は、かつて握った剣の感触を忘れ、戦いに参加できるほどの腕前になった。

雪大を狙った矢を切り落とせたのも、もとはといえば、彼のおかげということになる。

こうして空人は、しだいにこの国の人間らしくなっていき、争乱の終わりを迎えたとき、気持ちやからだが抵抗を示すことは、ひとつだけになっていた。

それは、敵に対する残忍さだ。

こんなふうに言ってしまうこと自体、以前の感性にまだ捕われているのかもしれないが、彼らは敗れた敵に容赦がない。たとえ相手が剣を捨てて降参しても、背蓋布《はいがいふ》をつけている人間とその妻子、兄弟、甥《おい》・姪《めい》、孫までは、年齢を問わず殺害する。彼の知っていた世界では、遠くの蛮族の国であっても、考えられないことだった。

彼らはそれを、当然のこととみなしていた。六樽様の方針というわけでもなく、遠い昔からそうだったようだ。「戦とは、そういう結末を覚悟して始めるものだ」と雪大は言った。

そういえば、空鬼も、「包囲している陣営は、降伏を許さない」と言っていた。つまり、香杏の側もそうなのだ。

いくら心が抵抗を感じても、そのまま受け入れるしかない。きっと理由があることなのだ。たとえば、この国の歴史の中で、敵への恩情が大きな災厄を招いたことがあるとか。

そう考えて空人は、この問題を頭の外に追いやった。

香杏の残党退治が終わると、鷹陸軍は都へと凱旋《がいせん》した。

荒れ地を抜け、畑の連なる平原を過ぎ、広い川を渡ると、大地は木組みの小さな家に占められるようになった。砦の天幕屋敷と同じく、壁や天井が布という家も多い。

空の上から天幕屋敷の布天井をながめたときには、雨が降ったらどうするのだろうと思ったが、そんな心配が不要なことを、すでに空人は知っていた。

なぜなら、この土地に、雨が降ることはないのだそうだ。現にこの三カ月、一度も降っていない。雲でさえ、高い空にうっすらとかかるものしか見ていない。

雨が降らないと聞いて空人は、風がいつも乾いている理由に合点がいった。空が常に青いわけ、川から遠くはなれた地域に、草一本生えていない荒れ地が広がっているわけにも。

草人や岩士、雪大らに聞いた話を総合すると、この国は、南と東と西とを海に囲まれている。どの海も、潮の流れが速く、荒れやすいので、海の向こうから船がやってくることはまれらしい。

北には、高く険しい山が連なっている。ふもとにちらほら村があるものの、そこから上は無人の山地だ。あまりに険しいので、越える道は存在せず、山の向こうに何があるかもわからない。

けれども山の上からは、水量の豊かな川が何本も流れてくる。そのおかげで、雨の降らないこの土地に、多くの人が暮らせるのだ。

ただし雨は、皆無というわけではない。山沿いの地方では、たまに地面をさあっと濡《ぬ》らす黒雲が通り過ぎるし、南東部の海にあるいくつかの島では、季節によって、雨を伴う嵐《あらし》に見舞われる。平野部でも、数年から数十年に一度、雨という珍現象の起ることがあり、だから草人のように、生まれてからこれまでに空から水が落ちるのを見たことがない若者も、雨とは何かを知っていた。

雨が降らないのに、雪は降るのかと、雪大に尋ねたことがある。彼の名前の文字を教わったときだ。

雪も降らない。この土地のほとんどの者は、雪など見たことがないと、雪大は答えた。けれども北の大山脈の高い高いところには、常に雪が積もっている。そこからはるばる運ばれてきた貴重な雪が、鷹陸の督城に到着した日に、雪大は生まれた。彼の父は、それを瑞兆《ずいちょう》と受け取って、長男の名を雪からもらった。

この話を聞いたとき、空人の頭の中で、固く閉ざしていたはずの扉が緩み、シュヌア将軍の厳《いか》めしい顔が浮かびかけた。もちろんすぐに追い出して、扉をしっかり閉めなおした。

この国では、水の恵みは、空ではなく、高い土地からやってくる。雨も降らないのに、川沿いや灌漑《かんがい》された土地に畑が広がり、食物だけでなく綿や麻も栽培されている。一方で、森や林は乏しいため、木材よりも布のほうが、安価で使いやすい建築材料となっているのだ。

とはいえ布の壁では、屋内の話し声が筒抜けだし、泥棒も簡単に侵入できる。盗《と》られて困る財産のある家では、内部に木造の居室も設けられているようだ。

実際、家並みを貫く大通りを進むうちに、建物の外観が変わってきた。間口は広くなり、布張りの部分より木の板が目立ちはじめた。さらに、運河と石垣による町境を越えると、布天井はほんの一部になり、住居ではなさそうな大きな建造物が現れだした。商店や飲食店は見ればそうとわかるが、用途のわからない建物もある。寺院とか集会所だろうか。

運河と石垣をもうひとつ越えると、市場や広場が配された空間になった。家屋は、木だけでなく石も使ったがっしりとした邸宅ばかり。

都の中心に近づいているのだ。

美しい街だと思った。

彼の知っていた国々に劣らず繁栄していて、整然としつつも、個々の建物には画一を打ち破る個性がある。

空人は、この壮麗な都にふさわしい王城を求めて視線をさまよわせたが、それらしいものは見つからなかった。そのうえ戦勝軍の帰還だというのに、街路を埋めて快哉《かいさい》を叫ぶ人々の姿もない。

もっとよく見ようとして、葦《あし》の茎で編まれた〈笠《かさ》〉という名の帽子の庇《ひさし》を、指でくいと持ち上げた。結いきれなかった緑の前髪が、額にはらりと落ちた。

髪を染めはじめたのは、〈空鬼の筒〉を使いに六樽様の軍に赴いたときだった。

空人の髪はそのころ、なんとか三つにまとめられる長さになっていた。まだ正式な結い方はできないが、少しは格好がついてきたと悦に入っていたのだが、緑に染めることなど考えもしていなかった。彼らと同じ髪型に結いたいとは願っていたが、彼らと同じく、自然に生えてくる髪色でいるのが当然だと思っていたのだ。

だから星人に、「髪を染めよ」という六樽様のお言葉を伝えられたとき、意表を衝《つ》かれる思いだった。そのせいか、自分でも意外なくらい動揺した。反射的に嫌だと思い、気持ちはそのまま顔に出て、しかめっ面《つら》をしてしまった。不満なのかと問われたので、「どうして、そんなことをしなければいけないんだ」と、つっけんどんに問い返した。

ご命令に逆らう気かと、怒鳴られるものと思っていたが、驚いたことに星人は、理由を聞きに六樽様の元へと引き返した。

空人は、とっさにとってしまった態度を後悔しながら、星人の帰りを待った。どんな命令にも従う、死ねと言われたら命を投げ出すと誓った主《あるじ》の言葉に、どうしてすぐに従うことができなかったのかと、己を叱《しか》った。

もしかしたら、雨の降る国にいたときと変わらずにいるのが、髪の色だけだったからだろうか。新しい名前をもらい、しゃべる言葉が変わり、身に付けるものも、飲み食いするものも、以前とまったく違っている。重くて長い剣を操るようになり、しぐさやものの考え方も、こちらのやり方になじんできた。それでいいはずだったのに、髪の色まで変わったら、あちらの世界の名残りが消える。それを拒みたい気持ちが、自分の中にあったのだろうか。

それとも、この髪の色が、才能も容姿も性格も似ていなかった父親から、唯一《ゆいいつ》、受け継いだといえるものだったからか。

ほどなく星人が戻ってきた。

「六樽様はおっしゃった。その髪の色は危険だと。香杏の残党の間では、香杏を殺したのは、銀色に光る髪をもつ鬼だと噂《うわさ》されている。砦の岩壁から光の矢を放ったとき、それだけは見られていたのだ。戦場に出れば、その髪は一番に狙われる。危険なので、みんなと同じ色に染めるべきだと、六樽様はお考えになったのだ。もっと早く気づいてやればよかったともおっしゃっていた」

それだけ言うと星人は、薄茶の正衣を着た付き人に命じて、髪を染める準備をさせた。空人も、素直に頭を差し出した。理由が聞けてよかったと思った。理由を問うのが不敬でないと、わかったことも嬉《うれ》しかった。

誰のどんな命令にも、不審を覚えたら、なぜと尋ねてかまわない。

このことは、その後のさまざまな経験でも確認できた。けれども、弓貴《ゆんたか》の社会において、身分間の垣根が低いというわけではなかった。むしろ、厳しい。理由を聞いて納得できなくても、命令には絶対に服従しなければならないのは当然として、自分のことを二の次にして上を立てようとする心情は、空人の知るどんな世界よりも強いように感じられた。また、目下の者がへりくだるための仰々しい決まり事がたくさんあり、ときに辟易《へきえき》させられた。

たとえば、この凱旋軍を迎えるのに、都の人たちは街路に繰り出し、押し合いながらその雄姿を見ようとはしない。それどころか、大通りには人影がない。督軍が進むとき人々は、敬意を表するために、同じ道を踏んではいけないことになっているのだ。通行中の者は、建物に入って身を隠すか、横道に退かなければならない。そこでも隠れる場を見つけられなかった者は、軍勢が見える間ずっと、地べたに額《ぬか》ずいている。文字通り、脚を二つに折ってぺたんとすわり、からだを伏せて、額《ひたい》を地面にくっつけるのだ。

この三カ月の追討の日々では、山野を駆け回ってばかりだったので、そうした光景を目にすることはまれだったが、さすがに都は人が多い。空っぽの大通りと、そこに通じる横道で地面に額ずく無数の人影は、無気味な対照をなしていた。これが、ここの人たちの敬意の形なのだから、受け入れなくてはいけない、早くこれに慣れなければいけないと思いながらも、見ていられなくなって、視線を人から建物へと移した。

やはり、どの邸宅も美しかった。石と木と布のどれが主役かは、建物によって異なるが、どの家も、三つの要素がなじみあっていた。

前方にまだ城らしき姿はないが、長くのびる白壁が行く手をさえぎっているのが見えてきた。その向こうには樹木の頭が並んでいる。都の中心に森があるのかと思ったら、壁から先が城なのだと言われた。

白い壁には、これまでの石垣と違って、石と石との継ぎ目が見当たらなかった。のっぺりとした表面がどこまでも続いているさまは、高さは違うが、砦の岩壁を思い出させる。

おそらくこの連想は正しくて、六樽様の居城を囲む石垣は、先祖の地とされる砦の不思議な岩壁を模して、漆喰《しっくい》でも塗ってこのように仕上げられているのだろう。

門を通り、林を抜けると、広大な建物群が現れた。空人は、馬をとめてしばらくその景観に見惚れていたかったが、行列はたゆむことなく進んでいく。

城というより町のようにみえる六樽様の居城には、抜きん出て高い建物はなく、だから外からは見えなかったのだ。

高く聳《そび》えて民を睥睨《へいげい》する城もあれば、木々の奥に隠れることで高貴さを感じとらせる城もあるのだなと、空人は思った。

鷹陸軍は、大謁見場《だいえっけんじょう》と呼ばれる中庭のようなところで、六樽様に拝謁した。そしてこれが、空人が鷹陸軍の〈預かり〉でいる最後の時となった。

謁見のあとで、雪大にその旨《むね》を告げられた。

「これで、戦時が終わって平時が始まる。そなたの身分も、戦時ゆえに曖昧《あいまい》なままだったが、戦の恩賞がくだされるときには、はっきりするだろう。まだ霧九軍の帰還を待たなければならないし、事務方の仕事も残っているから、何日か後のことにはなるが、それまで骨休めの時だと思って、ゆっくりしていればいい」

雪大と別れることになるのを唐突に知らされ、驚いた空人は、つい、ひねくれた口をきいた。

「骨休めが必要なほど疲れてはいない。恩賞がもらえるほど活躍もしていないし」

雪大は困ったように目をすぼめた。

「本気で言っているのかどうか、よくわからないが、誰が見ても、空人殿は、この戦の最大の功労者だ」

空人は、よけいにつっかかりたい気持ちになった。

「〈空鬼の筒〉がしたことは、私の手柄ではない」

彼はただ、言われるままに手を動かしただけだった。本当の功労者は、あの筒の使い道を考えた者だと、空人には思えた。

「この戦で、そなたにまさる活躍をした者はいないと、八の丞《じょう》でさえ考えているよ」

なだめるように言ったあとで雪大は、彼にしては珍しい、少し意地悪な感じの笑みを浮かべた。

「ただ、恩賞とともに、それにふさわしい役職も与えられる。言葉づかいや礼儀作法が、これからは、うるさく問われることになる。骨休みをしながら、そうした面も、もう少し勉強されたほうがいい」

身分がはっきりすれば、大目に見られることもなくなるわけだ。ため息をつきたくなったが、ぐっとこらえた。

「勉強する。字を覚えるのや剣の練習も続ける。それに、これからは雪大のこと、『鷹陸様』と呼ぶ」

気は重いが、しかたがない。これまで彼に、甘えすぎていたのだ。

雪大は、「他人の耳のないところでは、今までどおりでかまわないよ」と、おかしそうに笑った。

「雪大は、もう鷹陸に帰るのか」

彼の言葉にさっそく甘えて尋ねると、〈戦おさめの儀〉が終わるまでは城内にいるという。ならば、今までのように、字や剣を教わることもできるのではと、空人は期待した。

その気持ちが顔に出たのかもしれない。雪大は、首を左右に振ってから言った。

「ただし、〈戦おさめの儀〉が始まるまで、私たちが会う機会は、おそらくないだろう」

「どうして。城内なら、訪ねていけないほど遠くはないのだろう」

「遠くはないが、会う理由がない。理由もなしに、督である私に会いに来るのは、作法に反する」

「字を教わりたいというのは、理由にならないか」

「ならない。それがわかる程度には、社交上の決まり事を身に付けてからでないと、督を訪問するなど、できるものではない」

戦時から平時になることの意味が、空人にもわかりかけてきた。あらゆることが面倒くさいまでに形式ばるということだ。そんな未来を認めたくなくて、さらに尋ねた。

「こちらからは無理でも、そっちから来ることはできないのか」

雪大はまた、かぶりを振った。

「最大の功労者とは、最大の恩賞がもらえる者だ。そんな人物を、大した理由もなく訪問しては、おこぼれにあずかろうとしていると勘繰られかねない」

「まさか、そんな」

雪大が高潔な人物であることは、少しでも接すれば、誰にでもわかる。彼の行動をそんなふうに勘繰る者がいるとは思えなかった。

「わかってくれ。私は、鷹陸の名を貶《おとし》めるおそれがあることを、なすわけにはいかないのだ。だが、案ずることはない。きっと今日にでも、六樽様が陪臣《ばいしん》をつけてくださる。その者たちに任せれば、諸事問題なく進むはずだ」

慰められても、気持ちは沈んだままだった。思えば、鷹陸軍との日々は楽しかった。新しいことを覚えるのに必死で、楽しいと感じる暇《いとま》はなかったが、悩む暇もなかったから、憂《うれ》いと無縁の日々だった。

平時となった今からは、すべてが変わってしまうのだ。戦時だからと許されていた曖昧さは排除され、はっきりとした身分と役職が与えられる。それは、少しでもまともなことをすれば誉《ほ》められた日々から、やるべきことを怠ったと叱責《しっせき》される日々へと移ることを意味するだろう。それも、明確な義務だけでなく、雪大が指摘したような、深読みしすぎるほどの深読みからようやく推測できる義務についても。

都の城内とは、そういうところなのだと、締め出したはずの記憶がささやいた。

彼自身は、そうした複雑怪奇なあれこれと無縁に生きていた。出世とかうまい立ち回りとか、名誉を守るということにさえ背を向けて、反対方向に突っ走っていたし、父親も、社交や政治上の駆け引きと距離をおいていた。

けれども、近衛隊《このえたい》の噂話から、某大臣夫人が某将軍の令嬢との会食で前菜を残したのはどうしてかといったことが、高貴な人々の重大な関心事になっていたのは知っていた。その手の噂に最も熱心に耳を傾けていた者が、一番に出世したことも。

この国も、そうした俗事と無縁ではないようだ。

理想の別天地でないことはわかっていたが、これからのことを思うと気が滅入《めい》った。最大の功労者として最大の恩賞が与えられるというのも、ありがたいより迷惑に感じた。地位が高いほど、責任は重く、非難されることも多くなる。

特別な待遇などいらない。彼はただ、六樽様のもとで働ければよかった。少しだけ欲張っていいなら、背蓋布《はいがいふ》をつけられるようにはなりたい。だがそれ以上の出世は、星人のような、敵視してくる人間を増やすだけだろう。

こんなことなら、ずっと戦時が続けばよかったのにと心の中でつぶやいたとき、死んでいった者たちの顔がまぶたに浮かんだ。

砦で、霧九軍で、鷹陸の切り離された部隊で、顔見知りの何人かが骸《むくろ》となった。敵が斬首《ざんしゅ》されるのも見た。

戦時が終わって良かったのだと、空人は自分に言い聞かせた。

雪大の予言どおり、その日のうちに六樽様から陪臣を賜ったことで、空人の不安は薄らいだ。花人《はなんと》という名の、色白の中年男。石人《いしんと》という、三十前後の痩《や》せて分別くさい顔の男。山士《やまんし》という、からだの大きい同い年くらいの若者という顔ぶれだ。

陪臣の数が三人だったことが、何より空人を喜ばせた。

これまでの世話係が二人だったのは、片時も目をはなさないでいるための最低限の数だからだろう。戦時下の間に合わせであり、見張りも兼ねていることがうかがわれる、実用一点張りの人数だ。

それに対して、三人というのは、正式な関係という感じがする。実際そうである証拠に、空人は彼らと主臣の契《ちぎ》りを交わした。お膳《ぜん》立てされての儀式ではあったが、これで生涯の関係になったのだ。

この世界と、太い鎖《くさり》で結ばれた気がした。

重荷と感じたわけではない。やっと本物の仲間になれたと、六樽様との主臣の契りではまだ感じることのできなかった安堵《あんど》のようなものを覚えた。もう、一人ではない。養わなければならない家来がいるのだ。どんな役職を与えられても、精一杯その責務を果たそうと、腹が据わった。

花人らのほうは、どうなのだろう。

自分の一生を決める契りを、正体も将来も不明の人物と交わす決断が、どうやって下せたのか。六樽様のご命令で、しかたなくか。戦の最大の功労者の最初の家来になることに、野心を抱いたのか。それともまさか、空人が六樽様を一目見て、この人に仕えたいと熱望したように、ぜひにと自ら志願した者が、三人のうち一人くらいはいるのだろうか。

いつしか空人は三人を、さぐるような目で見ていた。彼らのほうも、そういえば、同じような目つきをしていた。それに気づいたとき、空人は声をあげて笑った。

「どうかなさいましたか」

空人に正衣《まさごろも》を着付けていた山士《やまんし》が、手をとめて尋ねた。彼らに身の回りの世話をされるようになって、三日がたった午後のことだった。さぐりあいながらの三日だったわけだなと、空人は胸の中でつぶやいた。

「いや、お互い様だなと思って。長いつきあいになるのだから、時間をかけてわかりあっていけばいいのだな」

「はあ」と答えて山士は、仕事を再開した。

この日はこれから正式な場に出るとかで、いつもは付けない襟飾りなども付けながらの、念入りな着付けだった。

それまでにわかったことは、山士が、歳《とし》に似合わず、浮わついたところのない、物静かな若者だということ。花人が、陽気で楽観的な性質《たち》らしいこと。そして石人が、知識豊富な教えたがりということだった。今も、これから出席する宴のことを説明していたのだが、

「ご主人様。私の話を、お聞きいただいていましたでしょうか」

笑い声をたてた空人が、別のことを考えていると思ったのだろう。わずかに眉《まゆ》をひそめて、怒っているようにも悲しんでいるようにも見える顔をした。

確かに別のことを考えていたが、聞いてもいた。

「すまない。音楽と踊りが終わるまでは、私語を交わしてはいけないのだったな」

「正確には、演奏が終わって、奏者と踊り手が退出するまでです。それまでどうぞ、不要な身動きをなさいませんように」

この日の朝、霧九軍が帰還したため、いよいよ〈戦おさめの儀〉が始まることになったのだ。この儀式は、数日間にわたっておこなわれるさまざまな行事で構成される。今夜は皮切りに、慰労の宴が催されるのだが、神々に感謝を捧《ささ》げる場でもあるため、厳《おごそ》かに始まるのだそうだ。

「演奏と舞踏が終わるとまず、六樽様と奥の方々が退出されます。それから奏者らが

退いて、慰労の場となるのです。以後は、座をはなれて飲食や歓談をしていただくことになります。これがだいたいの段取りですが、おわかりいただけましたでしょうか」

段取りはわかったが、よくわからないことがあった。かねてから疑問に思っていたのだが、この宴で感謝を捧げる神々とは、いったい何者なのだろう。最近はあまり頼らないようになっていた、頭にぽっこり浮かぶ意味に注意を向けても、なぜ神がたくさんいるのかわからなかった。ソナンの国の神が、さまざまな名前で呼ばれているだけなのか。まったく別の存在が多数いるのか。空鬼も神なのか、ちがうのか。

しかしこれも、おいおいわかってくるだろう。うっかり石人に尋ねたら、きっと、退屈になるほど長々と解説する。今すぐに知らなければならないことでもなさそうだから、この疑問はほうっておくことにした。それよりも気になるのは、

「大まかなところはわかったが、私は一人でその場にいないといけないのか。細かい作法を覚える時間はなさそうだが」

「ご心配なく。私がおそばにおります」と、花人が笑顔をみせた。

すかさず石人が、どんな儀式でどんな立場の人間に何人の付き人が許されるかを述べはじめたが、空人はもう聞いていなかった。花人がそばにいるなら、わからないこ

とはその都度尋ねればいいし、間違ったことをしそうになったら、彼がとめてくれるだろう。

儀式でどう振る舞えばいいかの不安から解放されると、心は楽しみでいっぱいになった。

石人はさっき、座をはなれて歓談できると言った。つまり、雪大と話ができるのだ。

霧九の督も、きっと宴に出るだろう。彼からは、会えても短い挨拶《あいさつ》以上の言葉はもらえないだろうが、空人から話したいことは山ほどあった。霧九の軍をはなれてから二カ月のこと。今では剣が操れるようになったこと。

雪大とは、三日会わずにいただけだが、やはり話したいことがたくさんある。彼の言ったとおりに陪臣がついたこと。彼らからどんなことを教わったか。この三日で、どれだけ文字を覚えたか。

他にも、会って話ができたら嬉しい相手はたくさんいた。砦で、ろくにしゃべれないときに顔を見た人たちと、戦が終わったことを喜びあえたら、空人はきっと、骨の髄までこの国の人間になったと感じることができるだろう。

星人とさえ、再会するのが楽しみだった。

ところが空人は、宴の場で、ほとんど誰ともしゃべれなかった。笑顔で話しかけてきた雪大にさえ、ろくに言葉を返せなかった。作法について耳元で注意をささやく花人の声も、頭に届きはしなかった。

それほどまでに心を奪う出来事が、空人の身に起こったのだ。

9

宴の会場は、大謁見場《だいえっけんじょう》と同じくらい広い中庭だった。

いや、四方を建物で囲まれた屋根のない空間なので、中庭ととらえていたが、雨の降らない土地において、屋根は必須《ひっす》のものではない。足もとは土ではなく、板張りなのだから、ここは大広間と呼んでいいのかもしれない。

入ってまず目についたのは、北側の建物の前にある、舞台らしい木組みの台だった。もちろんそこも青天井だ。東側にも、舞台ほどは高くない、廊下のように長細い台があり、その上だけが薄桃色の布で覆《おお》われていた。

西側には、石造りの台座がいくつも並んでおり、その上に、装飾品や食べ物がのせられていた。飲食をしていい時になったら、あそこからとって食べるのだろうか。それにしては、量が少なく思えるが。

宴の出席者は、二百人を越えると聞いていた。実際、それだけの数の椅子《いす》が、広間の南側に、北向きに並べられていた。

空人《そらんと》の席は前寄りの、西の端に近いところにあった。椅子は布張りで、幅の広い肘《ひじ》掛《か》けもついており、すわってみると、からだがすっぽり包み込まれて、緊張感が緩んだ。もしも踊りが退屈だったら居眠りしてしまうかもしれないと、心配になるほどのすわり心地だ。

だが、万が一そんな事態になっても、花人《はなんと》が起こしてくれるだろう。

すでに埋まっている椅子の斜め右後ろには、陪臣らしい身なりの者が一人ずつ、片《かた》膝《ひざ》をついてかしこまっている。花人も、空人の後ろで同じ姿勢をとった。

空人が席についてからも、大広間には背蓋布《はいがいふ》をつけた人間や、空人と同じ鬱《う》金色《こんいろ》の正衣《まさごろも》をまとった人間が、続々と入ってきた。鬱金色は——空人の目には山吹色と区別がつかないのだが、山吹色の正衣の人間は、宴に出席できる身分ではないそうなので、この場にいる橙色《だいだいいろ》っぽい衣はみな、鬱金色ということになる——背蓋布をつけられる二段下の位だそうだが、空人の場合、仮に着ているだけで、本当にその身分というわけではない。恩賞によって役職が決まったときに、正式な衣が与えられるのだと石人《いしんと》は言っていた。

広間に入ってくる人波の中に、雪大《ゆきんた》の姿が見えた。正装なのだろう、小さな額飾りをつけて、背蓋布も重厚な感じの布になっている。

ほかにも見知った顔がいくつか通ったが、誰も会釈《えしゃく》ひとつせず、視線を合わせもしなかった。彼ら同士でもそうなので、空人が嫌われているとか、避けられているというわけではなく、私語や無用な身動きが禁止の時間はすでに始まっているのだろう。

空人も、きょろきょろするのをやめて、椅子の中で姿勢を正した。

日は西に大きく傾いていた。それでもまだ昼間といっていい明るさだったのに、松明《たいまつ》がともされた。あたりがしんとしているので、火のはぜる音がよく聞こえた。

やがて、人の動きが絶えた。ちょっとだけ振り返って見ると、椅子はすべて埋まったようだ。

あたりには、干した花束のような香りがうっすらと流れていた。静寂の中で、その匂《にお》いは高まっていき、やがてむせるほどになったとき、広間の東側の建物から、緑の正衣を着た男たちが十数人、一列になって現れた。

正衣ではないのかもしれない。形は似ているが、長さが脛《すね》までしかなく、それでいて横幅はゆったりとして、不恰好《ぶかっこう》に見える。しかも、衣服のあちこちから、てのひらほどの幅の布を垂らしていた。ある者は右肩から青い布、別の者は腰の両側に黄色い布。頭の上から赤、白、黒の三色の布をぶら下げている者もいる。

男たちは、広間の中央あたりまでくると、西を向いたまま輪になって、床の上に腰を下ろした。

では、この男たちが踊り手なのか。舞台だと思った台は音楽隊のものなのかと考えていると、東側の布覆いのある台の上に、茶色い正衣の者たちが現れて、椅子を十数脚並べていった。一目見て、空人らがすわる椅子より上等の布が使われているとわかる、きらびやかな椅子だった。

ひときわ立派な椅子が、中央に置かれた。茶色の衣の者たちが退《しりぞ》くと、東側の建物から六樽《むたる》様がお出ましになり、その椅子に腰掛けられた。つづいて三の丞《じょう》、上の丞、下の丞、知らない二、三の人物のあとから星人が、六樽様の右手の椅子にすわっていった。

次にその台に現れたのは、腰から下に布をたっぷりと使った、豪華な衣装をまとった女性たちだった。髪は左右と真後ろで長い棒状に編んで、背中でひとつにくくっている。

「あまりお首を動かされませんように。正面か、祭壇のほうを向いていてください」

花人が耳元でささやいた。

「わかった」と空人は、まだ全員が席についてはいなかった女性たちから目をはなして、緑の衣装の人たちと石の台の両方を視野におさめる角度まで首を戻した。

装飾の施された石の台は、言われてみれば、祭壇らしい形をしていた。ということは、あの食べ物は神への捧《ささ》げ物で、奇妙な衣装の人たちは、踊り手でなく神職か。

そのとき、彼らがうなり声を発した。人間にここまで低い声が出せるのかと驚くほどの低音で、何かの文句を唱えているようだ。

うっすらと頭に浮かぶ意味によって、それが神を称《たた》え、感謝する言葉だとわかった。しかし、その神が何者なのか、ソナンの国の神と同じなのか異なるのかは、判然としないままだ。

低いうなりは、同じ文句を繰り返すばかりで、変化することなく長々と続いた。

緊張しているはずなのに、まぶたが重くなってくる。空人は、口の内側を嚙《か》んで、痛みで眠気を追い払った。

血がにじみそうなほど嚙んでも眠りに引き込まれそうになったころ、ようやくうなり声がとまった。緑の衣の人たちは、静かに立ち上がって、器用にあとずさりしながら東の建物の中へと消えた。

ごーんと銅鑼《どら》の音がとどろいた。

いつのまにか正面の舞台に、華やかな衣装をまとった男女が立っていた。全部で九人。三人ずつかたまって、三角形をつくっている。舞台の前にも九人の男女がおり、こちらは横一列に並んで、弦楽器や打楽器を抱えていた。今度こそまちがいなく、踊り手と音楽隊だ。

踊り手は、背蓋布のような布を、背中ではなく両腕にかけるようにして持っていた。きっと、踊りとともに、この布をたなびかせるのだろう。

その姿を想像して、空人の胸は高鳴った。宴の段取りを聞いたときには、踊りなどさっさと終わって、歓談の時が早く来ればいいのにと思ったが、いざ踊り手を目にすると、楽しみになった。何しろ、挨拶《あいさつ》のための小さなしぐさでさえ美しい国の人たちだ。どんなに優美に舞うのだろう。

ところが空人は、ついに一目も踊りを見なかった。音楽は耳に入っていたはずだが、最初の銅鑼しか覚えていない。

踊りが始まる直前に、ふと首を右に曲げた。そしてそのまま、動けなくなってしまったのだ。

右を見たのは、ほとんど無意識の、意味のない行動のはずだった。そのとき彼は、何も考えていなかったから。

小さな動きだったので、誰も気づかなかったようで、花人も耳元で注意をささやいたりしなかった。けれどもその小さな動きで、とてつもなく大きなものを、空人は見つけた。

六樽様の左手の、端のほうにいる女性。

さっきはまだ台の上に現れていなかったその人が、空人の目を釘《くぎ》付けにした。

あの人だった。

今ではもう、本当にあったことかと幻のように感じはじめていた、雲の上のような場所の不思議な体験。床の穴から天幕屋敷を見下ろして、さまざまな部屋をながめていたとき、見つけた顔。

あの時にも、目がはなせないのに、見ていると苦しくなった。苦しいのに、いつまでもそうしていたかった。あんまり苦しいから、最後には目をはなした。苦しすぎたから、頭の中から追いやって、この三カ月半、忘れていた。

いや、違う。忘れたことなどなかった。ずっとずっと、心の深いところに、この人はいた。あまりに大切だったから、ただ厳重にしまっていた。

きっと、一度引っ張り出したらどうしようもなくなることが、心のどこかでわかっていたのだ。

六樽様にお仕えしたいという願望は、すぐに引き出さなければならなかった。それしか彼らに説明できることがなかったから、強くつかんで、前面に押し出した。

けれども、心の奥で震えているこの想《おも》いは、しまっておかねばならなかった。こんな気持ちに少しでもとらわれてしまっていたら、ここまでの日々を乗り越えることはできなかっただろう。何者でもなくなって、すべてを一から覚えなおし、新しい世界に居場所をつくらなければならなかった日々を。

そして今、忘れてなどいなかった、ずっと大切にしまっていた人が、魔法でのぞき見するのでなく、現実にながめられる場所にいる。

その事実が、空人の胸を打ち抜いた。しまいつづけていた想いがあふれて、何ひとつ考えることができないまま、ただその人を見つめていた。事前に石人から受けた注意もすべてすっかり忘れていたが、見つめるのに夢中で身動きひとつしなかったから、花人にたしなめられることにはならなかった。

すでに日は沈みかけ、何のために灯《とも》されたのかわからなかった松明は、立派に周囲を照らすようになっていた。光の届きにくい場所では夕闇《ゆうやみ》が、事物の輪郭を背景に溶かしはじめており、はなれた席の人の顔は、しだいに不明瞭《ふめいりょう》になっていった。

けれども、彼には依然、はっきりと見えていた。雲の上からながめたときにこの顔は、しかと脳裏に焼き付いた。一度も思い返すことがなくても、どんな細部も消えてはいなかった。ふと視線を向けたときに見つけた顔が、それに重なり、どれほど深い闇も消せないほど鮮明に、空人の瞳《ひとみ》の表で輝いていた。

彼の耳に、音楽は聞こえていなかった。踊りなど、最初から少しも見ていなかった。だから、唐突にその女性が立ち上がったとき、思わず「え」と叫びそうになったほど驚いた。

その人は横を向くと、ほかの女性たちといっしょに、すぐ脇《わき》にある建物に入っていった。気がつけば、六樽様や上の丞らの姿もない。

あとで聞いたら、六樽様は退出される前に、戦が終わったことを言祝《ことほ》ぎ、一同にねぎらいの言葉をかけられたのだそうだが、それも空人の記憶になかった。

周囲で人々が椅子から立ち上がりはじめた。料理を持った者たちが何人も現れ、ざわめきと食べ物の匂いが満ちていくなか、空人はただ呆然《ぼうぜん》とすわっていた。

「……なさいましたかっ」

花人が耳のすぐ近くで怒鳴ったので、びくんとして、やっと現実の風景が目に入るようになった。

「どうかなさいましたか。ご気分でも悪いのですか」

花人は、心配そうな顔をしていた。

「いや、なんでもない」

空人はよろよろと立ち上がった。まるでからだの動かし方を忘れたみたいに、足や腰にうまく力が入らなかった。

「空人殿」

雪大の笑顔が目の前にあった。

「やっと、この日を迎えることができましたね」

空人も微笑《ほほえ》もうとしたが、まだ意識の大半があの人の面影に占められていて、うまくいかなかった。雪大の顔がけげんげに曇った。

「ご気分を悪くされたようなのです。おそらく慣れない儀式のために」

花人が早口で言い訳するのを、空人はぼんやりと聞いていた。

花人に広間の隅に連れていかれ、空いている椅子に腰掛けるよううながされた。

「ここで少しお休みになってください。それでもご気分がお悪いようでしたら、宴の宰《つかさ》に早めの退出の許可をいただいてきますが、できたらそのようなことはなさらないほうが」

「すまない。だいじょうぶだ」

気分が悪いわけではないことを説明しようとして、ようやく考えるということを始めたら、そんなことより、すぐにでも聞きたいことがあるのに気がついた。

「あの人は、誰だ」

飛び上がるように席を立ち、花人の腕をつかんだ。

「あの人とは」

とまどう花人を揺さぶりながら、重ねて聞いた。

「あの方だ。六樽様の横のほうにおられた、あの美しい人は、誰だ」

「六樽様のすぐ横にいらっしゃったのは、奥方様ですが」

奥方様とは、六樽様の正妃であり、三の丞の母君だということは知っていた。だが、あの人は、十歳にもなる子供がいる年齢に見えなかった。

そこで初めて、あの人のほかにも女性がいたことが、空人の意識にのぼった。

「すぐ横ではない。もっと左の、もっとお若い」

「お若いのなら、姫君でしょうが、どの方のことをおっしゃっているのでしょう」

理不尽なことではあるが、頭の中の面影があまりにくっきりしていたので、どうして花人にそれが伝わらないのかと、空人はいらだった。

「あの方だ。ひときわ美しい、いちばん美しい姫君だ。もっとも目立っておられた方だ」

「そうおっしゃられても、何番目におすわりだったとか、何色のお衣装だったとか、具体的なことを教えていただかないと」

何番目かなど、わからなかった。ほかの姫たちはほとんど目に入っていなかったから。顔ばかり見ていたせいで、衣装もはっきりとは覚えていなかったが、色なら言えた。

「青だ。青いお衣装だった」

「ああ、それでしたら」花人がほっとしたように言った。「四《よん》の姫です」

花人だけではない。何の騒ぎかと近くに来ていた人々も、「四の姫だな」「ああ、四の姫に間違いない」と言い交わしていた。

「四の姫か。それで、その方のお名前は」

「だから、四の姫です」

このやりとりを何度か繰り返してから、理解した。

「四の姫というのが、お名前なのか」

「はい」

空人は、「四の姫」と、口の中でつぶやいてみた。脳裏にくっきりと残っていた顔《かんばせ》が、にっこりと微笑んだ。胸がきゅうっと苦しくなって、太いため息が、彼の口からこぼれ出た。

それから数日、ため息ばかりついて過ごした。

いまが平時でよかったと思った。戦時にこのていたらくでは、とてもやっていけなかった。

いや、戦時が終わって平時になったからこそ、彼は踊りが始まる前、右手に顔を向けたのだ。

意識はしていなかったが、そちらの台に、八の丞らにつづいて女性たちが現れたとき、おそらく彼は気づいていたのだ。先頭を歩く中年の女性が、死相は消え、頰はふっくらとしていたが、雲の上からのぞいたときに、布だらけの部屋に横たわっていた人だと。

けれども、あの光景を思い出してはいけないと、空人は自分に命じてきた。その習慣は根深くて、花人に注意されると、素直に首の向きを変えた。

たぶんそれから、意識の底で、習慣と欲求が闘ったのだ。

踊りが始まる直前に、欲求が勝利した。なぜなら、そのとき始まろうとしていたのは、戦時が終わって平時となったことを寿《ことほ》ぐ踊りだったから。

もう、見てもいいのだ。あの人と同じ部屋にいた女性の横に、あの人が来ていないか、さがしてもいいのだ。

本能のようなものが空人にそうささやき、首をわずかにめぐらせた。

そして、見つけた。あの人を――。

その瞬間のことを思い出して、空人はまた、大きなため息をついた。

自分の息の音が消えると、ひそひそとした話し声が耳に入った。花人たちが額を寄せて、何かささやきあっている。

はっとして空人は、気を引き締めた。いくら平時でも、ぼんやりしてばかりではいけない。六樽様にお仕えしたいと頼み込んで、直臣となった。彼自身にも、契《ちぎ》りを交わした家来がいる。正衣を着用する者として、きちんと責務を果たさなければ。

〈戦おさめの儀〉が終わるまで、定まった役職のない身ではあるが、宴を皮切りに始まった一連の行事に、ほぼ毎日出席しなければならず、その作法を覚えるという仕事があった。今も、三人から説明を受けていたのだが、石人の話が長すぎて、追憶にひたり、ため息となった。

こんなことではいけないと気を引き締めたら、彼らの話している内容が頭に入ってきた。

ご主人様は、四の姫に恋心を抱かれたようだ。困ったものだと言っていた。

恋だと？

違う、と空人は思った。

そんな、ありふれたものではない。

恋とは、流行《はや》り歌にうたわれるもの。父が忌《い》み嫌っていた軽薄な物語で、主人公たちが大騒ぎする原因となるもの。近衛《このえ》隊《たい》や防衛隊の仲間たちが、茶屋の娘とくっついたり離れたりするときも、恋だの愛だの言い立てていた。

だが、空人の心をいっぱいにしている感情は、そんな薄っぺらなものではない。そんな生易しいものではない。誰も経験したことのない、特別な何かなのだ。雲の上で空鬼《そらんき》に会ったという以上の奇跡的な体験なのだと、彼には思えた。

けれども、そんな思いも、言葉にすると陳腐になる。

「私は恋などしていない。あまりにも麗《うるわ》しい人だったから、名前を知りたくなっただけだ」

努めて冷静にそう言うと、三人は信じたふうではなかったが、そろって頭を下げてみせた。

この日の行事は、戦の神に礼を言うためのものだった。ごく短い儀式で、珍しく昼間におこなわれたので、そのあとの時間があいた。それから夕食までを、文字や一般的な作法の学びにあててもよかったのだが、花人らといると、恋の話を蒸し返されるかもしれない。それがわずらわしかったので、ひとりで散歩に出ることにした。

散歩は空人にとって、唯一《ゆいいつ》の休息の時だった。

最初のうちは石人らといっしょだったから、そこに腰掛けてはだめだとか、下位の者とすれ違うときの会釈はこうするとか、うるさく言われっぱなしだったが、一通りの規則を覚えたら、ひとりで行かせてもらえるようになった。

散歩中に気をつけなければならないことは、多くなかった。立ち入ってはならない場所は塀で囲まれているから、間違って入り込むおそれはない。会釈も、言葉づかいほど細かく分かれてはいないから、自分より上か下かの区別がつけば問題ない。そして、上の者とすれ違うことはまれだったので、下の者への会釈が反射的にできるようになって以降、散歩は頭を休める時間になった。

このころの空人の一日は、山士《やまんし》に起こされることで始まった。それより早く目覚めても、勝手に起きてはいけないのだ。三人に手伝われて身仕度し、剣の稽古《けいこ》と文字の勉強をしてから、朝食をとる。また三人に手伝われて、朝食後の身仕度というものをして、儀式の準備の時間となる。次におこなわれる行事の説明を受けて、必要な所作を教わり、すっかり身につくまで練習するのだ。時間が余れば、さらに読み書きを練習したり、「一般常識」を教わったりが、昼食をはさんで日暮れまで続く。

つまり、いまだに勉強ばかりの日々なのだ。三人の陪臣は、生涯の忠誠を誓っているとはいえ、まだ気心が知れない。少しずつ人となりはわかってきているものの、いっしょにいると、どこか緊張してしまう。儀式と夕食が終わったあとは、城内に与えられている居室兼寝室でひとりになれるが、のんびりできるはずのそうした機会や就寝中が、実は最も胸苦しい時間だった。

あの人の面影が現れるからだ。

嬉《うれ》しいはずなのに、苦しい。夢に現れると苦しさに、がばと跳ね起きてしまう。心もからだもくたくたになる。

ところが散歩のときだけは、足を動かしているうちに、なぜか頭が空っぽになり、あの人の面影が浮かぶこともまれだった。おかげで、気持ちが真に休まる唯一の時となったのだ。

その日も、何も考えずにぼんやりと歩いていた。すると胸苦しさを感じてきた。あの人の面影が浮かんだときとは別種の、うなじで産毛《うぶげ》が逆立つような、嫌な感じの苦しさだった。

立ち止まって、左右を見た。いつのまにか、背よりも高い石積み塀にはさまれた、狭い小路に入り込んでいた。

ぞっとして、総毛立った。生まれ育った屋敷の暗い廊下にいるように錯覚したのだ。これまでのことはすべて、長い夢だったように。

けれども、顔を上に向けると、雨の降らない国の抜けるような青空が見えて、ほっとした。

引き返すことも考えたが、先のほうに隘路《あいろ》の出口が見えていた。さらにその手前にも、左手から光が差し込んでいる場所がある。あたかも、長い廊下にあいた窓から陽光が注いでいるように。

とりあえず、そこまで行ってみることにした。

窓ではなく、格子戸《こうしど》だった。

塀がとぎれたわずかな幅を木の枠がふさぎ、こぶしがぎりぎり入るほどの間隔で、金属の格子が縦に並んでいる。戸には大きな錠ががっしりとかかっていたが、格子が細いので中がよく見えた。

そこは、花と光のあふれる庭園だった。塀側以外の三方を木造の平屋に囲まれた、小さな庭。植物の手入れをしているのだろうか、かがみこんで花木に手を伸ばしている人物がいた。後ろ姿だけで女性とわかる華奢《きゃしゃ》な背中だった。手首や足首までをすっぽり覆う衣装の形は、城内で働く女性たちのものと似ているが、柔らかで光沢のある、上等の布地が使われているようだ。

視線を感じたのか、女性が腰を伸ばして振り向いた。

あの人だった。

空人は驚きのあまり、目を見開いただけで、動くことも、声を発することもできなかった。

あとから考えれば、驚くことはない。城内の高い塀に囲まれた区域にいる上等の衣装の女性が、六樽様の姫であって、なんの不思議もなかった。

けれども、宴の夜からそのときまで、空人の頭は彼女の面影でいっぱいで、何も考えられていなかった。その人が、生きて動いている人間であることさえ。

あの人は、少しとまどった顔のまま、頭を軽くかしげて会釈をした。空人も、ぽかんと開いていた口をあわてて閉めて、目上に対する会釈を返した。それから急に恥ずかしくなって、あわててその場を立ち去った。

いくらも歩かないうちに、隘路を抜けて広い場所に出た。右手の先に知っている建物が見えたので、自分のいる場所がわかった。どうやら来た道を引き返さなくても、居室に戻ることができそうだ。

塀にもたれて大きく息をついた。

いまになって、心臓がばくばくと暴れだした。

あの人が、生きて、動いて、すぐ近くに存在している。

たったいま発見したその事実に、驚き、昂《たか》ぶり、混乱していた。

強い拍動により四肢へと押し出された驚きは、手足の先で喜びに変わり、全身を温めながら戻ってきた。空人は、その温《ぬく》もりに陶然とし、火照《ほて》ったからだで、ふたたび大きく息を吐いた。生きてこの瞬間を味わえたことが、しみじみとありがたいと思った。

もしかしたらこのとき初めて、空鬼《そらんき》に川の底から助け出されたことを感謝した。

呼吸が落ち着き、脈拍も正常に戻ると、小さな後悔が浮かんだ。

あんなふうに逃げ出さずに、話しかければよかったと。

だが彼は、貴人に対する言葉づかいを、まだ完全には身につけていない。うっかり話しかけていたら、何か失礼なことを言ってしまったかもしれない。

居室に戻って、勉強の続きをしよう。石人たちに、女性の貴人に対する礼儀作法を教えてもらおう。きちんと話せるようになったら、もう一度あそこに行ってみよう。

そう決めて動き出そうとしたとき、隘路の奥で物音がした。軽やかだがしっかりとした聞き覚えのある足音が、こちらに向かっている。

やがて隘路から、予想どおりの人物が現れた。物思いにふけった様子で、角に立つ空人に気づかずに、行き過ぎようとした。

「雪大」

声をかけると、はっとしたように足をとめて振り返った。

「ああ、空人殿か。会えてよかった。宴では、ほとんど話せなかったから。あの時は、気分を悪くされたようだったが、もうだいじょうぶなのか」

懐《なつか》しい優しさに触れて、空人の胸はふたたび温かくなった。

「もうだいじょうぶ。ありがとう。あの時は、すまなかった」

感謝と謝罪。このふたつは、はっきりと口に出すことを、空人は心がけていた。ほんとうは、もっと包み込んだ、洗練された表現をすべきだが、しゃべる技術がそこに達していないので、せめて誤解されないように、明解に伝えることにしているのだ。

その気持ちが通じたのか、雪大はさらに優しい顔になった。

そういえば、雪大には話したいことが山ほどあった。それを思い出して口を開いた空人だが、山ほどの話したいことを押しのけて、自分でも思いがけないせりふが飛び出した。

「四の姫と、話をしたのか」

雪大の顔は、警戒するようにこわばった。それにかまわず、空人は問いを重ねた。

「いま、そこの庭に、四の姫が立っておられただろう」

「立っておられた。少し世間話をしたが、それが何か？」

「いや、何でもない。失礼する」

辞去の礼をすると空人は、急ぎ足でその場を立ち去った。自分でも正体のわからない感情に心を乱され、いたたまれなくなったのだ。

居室に戻ると、陪臣らが彼の帰りを待ち構えていて、石人がさっそく何か言いかけたが、それを制して空人は叫んだ。

「女性の貴人に対する言葉づかいを教えてくれ。今すぐ、すべてを」

ところが即座に断られた。

「だめです。ご主人様が女性とお話しなさる機会は、まだ当分ありません。まずは男性に対する言葉づかいを、間違いのないものにしてくださいませ」

石人も最初のころは、婉曲《えんきょく》な物言いをしていたのだが、それでは伝わらないと悟ったようで、このころには、主人に負けないくらい直截《ちょくせつ》に、断ったり意見をしたりするようになっていた。

それでも石人は、死ねと命じられたら命を投げ出すことを誓った家来なのだ。つべこべ言わずに教えろと命令すれば、従うはずだ。

そんな考えが空人の頭をよぎり、喉《のど》をごくりとさせたが、実行にはうつさなかった。

「だいたい、よけいなことをしている暇はございません。お留守にしておられる間に、知らせが届きました。〈戦おさめの儀〉の締め括《くく》りの行事が、三日後におこなわれることに決まったそうです。ついに、ご主人様に戦の恩賞が下されて、正式な役職につかれる日がくるのです。恩賞をいただく場では、特に注目が集まりますから、指一本、おかしな動きをなさってはいけません。さっそく練習を始めましょう」

その儀式は、中謁見場でおこなわれるそうだ。宴のときとちがって椅子は用意されないので、床にあぐらをかくような形ですわるのだが、そのときの姿勢は、膝の高さや腕の位置、背の曲げ具合まで細かく決められている。

入場から、定められた位置に定められた姿勢で着くまでの所作を、石人が説明し、山士が見本を示し、花人に励まされながら、空人もやってみた。あの人を見かけたことも、雪大から逃げるように帰ってきてしまったことも、いったん頭から追いやって。

物事についていくのに必死で、大事と思える出来事も、考えたり、何が起こったかを自分の中で把握したり、悩んだりする暇なく置き去りにしなければならないのは、この三カ月余でおなじみだった。ここ数日、あの人の顔を思い出してため息をつけたのは、思えば贅沢《ぜいたく》だったのかもしれない。

「ここからが重要ですので、よく聞いてくださいませ。上の丞が名前をお呼びになりますから、そうしたら、静かに立ち上がって、六樽様の正面まで行き、すわって、深く礼をしてください」

そのときの細かい動作、かけるべき時間、視線をどこに向けるのかまで、石人は解説した。一度では覚えきれないが、儀式は三日後というのだから、これから何度も説明を受けて、練習を重ねることになるのだろう。

「六樽様はまず、空人様の戦における功績を述べられて、ねぎらいの言葉をかけられます。その内容に対しては、くれぐれも、口をはさんだり、首を振ったりなさいませんように。頭を下げたまま、身動きせずに、最後までお聞きになってください。続いて恩賞が言い渡されるわけですが、特に大きな手柄を立てた一人か二人に対しては、ここで特別な手順が入りますので、注意なさってくださいませ」

「私は、大きな手柄など立てていない」

するとと、石人ににらまれた。

「そういうご発言がよろしくないと、たった今、申し上げませんでしたでしょうか」

言われていない。六樽様からのねぎらいの言葉に口をはさむなとは言われたが。

しかし、趣旨は同じなのだろう。空人の功績と言われるものは、〈空鬼の筒〉の威力であって、彼自身の手柄ではないという率直な思いを、浮かぶがままに漏らしていては、六樽様の面前でも、うっかりそうしてしまいかねない。いや、大事な場面であればあるほど、自分の手柄といえないことを誉《ほ》められるのに耐えられなくなるおそれがある。

彼のその気性を読んだうえで、石人は注意をうながしているのだ。

「わかった。気をつける」と空人は、この忠告を胸におさめたが、石人は懐疑的な顔だった。

「私とて、根拠なく申しているのではありません。我々三人で、噂《うわさ》を集められるだけ集めたうえで、ご主人様が特別な手順を要する一人か二人に入るのは間違いないと判断したのでございます。儀式の日取りが決まったということは、恩賞も内々では確定しているわけでして、その様子をさぐるのに、いずれのご家臣もやっきになっているのですが、そもそも、お城の事務方の堅い口から何かを探り出すのは困難きわまりないことで、何がどう決まったかは、気配から察するしかありません。気配を察するには、五つの道がありまして……」

「わかったから、早く、特別な手順というのを教えてくれ」

石人は、ごほんと咳払《せきばら》いをしてから話を本筋に戻した。

「これは、本当に特別なことなのです。ありがたくももったいなくも、六樽様が、こんな言葉をおかけになります。『そなたの功績は、無限の報奨を受けるに価《あたい》する。望むものは何でもつかわそう』。けれども、くれぐれもこのお言葉を、文字どおりに受け取ったりなさいませんように。この……、はっきり申し上げて少々時代がかった表現は、ある故事に基づくものなのです。いかなる故事かの説明は、長くなりますので省かせていただきますが、このように言われたら、さらに頭とからだを低くして、こうおっしゃってください。『身に余るそのお言葉が、すでに望み以上のもの。このうえ何を欲しましょう。頂いたご厚情に、せいいっぱい報恩させていただくことだけが、私の願いでございます』。あくまで形式的なやりとりで、これで恩賞を断ったことにはなりませんから、ご安心を。この問答のあとに通常の手順に戻って、恩賞が申し渡されます」

「その問答に限らず、すべてが形式的に思えるが」

つぶやくと、花人がくすりと笑い、石人はとがめるように顔をしかめた。

その夜、空人は、穏やかな気持ちで眠りについた。

新しいことをたくさん習ってくたくただったので、思い悩む気力は残っていなかった。あの人に話しかけられなかったことや、雪大から逃げるように帰ってきてしまったことは頭から追いやったまま、あの人に会えたことへの喜びだけで胸を満たして、安らかに眠りの世界に入った。

同じころ、四の姫もまた、安らかな夜を迎えていた。気の優しい彼女に、良からぬ噂を耳に入れようとする者はおらず、近づいてくる災厄に気づいてはいなかったのだ。

四の姫は、その日、思いがけず会った人のことを考えていた。

庭に出るとき、瑞兆《ずいちょう》があった。いつもは慎重なたちの妹が、ぼんやりした様子で歩いてきて、ぶつかりそうになったのだ。あわてて詫《わ》びた妹は、今見つけたばかりだというツリフネ草の斑《ふ》入りの葉を渡してくれた。珍しい、白い模様入りの葉は、身に付けていると幸福な結婚ができるといわれている。

それを持って庭に出たら――。

ほう、と甘い吐息を漏らして四の姫は、ほてった頬に両手を当て、幸福な未来を信じて眠りについた。窓の外では満月が、この地にはまれな叢雲《むらくも》に、光を閉ざされつつあった。

10

こんなひどい裏切りがあるだろうか。

空人《そらんと》は、怒りに息を詰まらせた。

よもや、この人たちに欺《あざむ》かれるとは思わなかった。それも、こんな卑怯《ひきょう》なやり方で。まさかと思う瞬間に、空人の真心をあざ笑うような策略で、すべてが裏切られたのだ。初めてこの世界を見たときの胸をぎゅっとつかまれたような感銘も、心からの忠誠の誓いも、三カ月以上に及ぶ必死の努力も、のたうちまわるような苦しさとともに味わった罪の意識も、この身が二つに引き裂かれる思いで下した決断も。

その苦しみの中にさしのべられた高潔なまでの優しさも、真っ赤な偽りだったとわかった。この世界は、欺瞞《ぎまん》だらけだったのだ。

怒りと悔しさで、空人は卒倒しそうだった。

もしもこのとき、手の中に〈空鬼《そらんき》の筒〉があったなら、周囲のすべてか自分自身かに向けて、光の矢を放ったかもしれない。

けれども、空人の手はからっぽだった。彼にできたのは、その手を握りしめることだけだった。怒りがからだを熱く燃え上がらせていたはずなのに、怒りよりもさらに大きな悲しみで、総身が氷のようだった。

目の前にいる見知らぬ女が、いぶかしそうに、かすかに首を傾けた。まだ、そんな芝居を続ける気か。

空人は、女の顔から目をそらして、六樽《むたる》様のほうを向いた。

「どうして、こんなことをなさるのですか。こんなひどい裏切りを」

答えが聞きたかったわけではない。彼はもう、この世界に何も求めていなかった。ここにいたいとも思わなかった。できることなら今すぐに、川の底に戻りたかった。

もしくは、五日前の、さわやかに目覚めた朝に。

あの朝から就寝までの時間だけをぐるぐると繰り返していられたなら、そここそが彼にとって、〈永遠に安らげる場所〉だろう。

安らげるといっても、のんびりした時間ではなかった。気力があふれて疲れを知らず、忙しいのにすべてが順調で、憂《うれ》いなど欠片《かけら》も入り込む隙《すき》のない、つまりは心が安らげる一日だった。

あの時にはまだ、この世界の本当の顔を知らなかったから。

幸せな気持ちで床につき、ぐっすり眠れたからだろう。庭にたたずむあの人を見かけた翌朝の目覚めの気分は、かつてないほどさわやかで、おかげでその日はすべてに集中できた。

朝の素振りは会心の出来で、新しい文字を三つも覚え、食事もおいしく、所作の間違いをおかさずにすまし、恩賞授与の儀式の準備では、石人《いしんと》がふたたび段取りを説明するのを一語も漏らさず聞き取って、頭にしっかりたたき込んだ。せりふや動作も、山士《やまんし》の見本のとおりにやってみて、抑揚や細かな動きを修正されると、一度で覚えた。それから幾度も練習を繰り返した結果、日の沈むころには、何も考えなくてもすらすらと言うべきことを言い、正しい動作がおこなえるようになっていた。

最後のおさらいを完璧《かんぺき》にこなすと、山士が、こぶしで鎖骨の下あたりをとんとん叩《たた》いた。この国の人間は、何かに感激したり、感心したりすると、こんなことをするのだ。

「お見事です」と花人《はなんと》は笑顔を浮かべ、石人まで「間に合わないのではないかとひやひやしていましたが、丸一日も余裕を残して習得されるとは、さすが我らのご主人様です」と、いつになく空人を持ち上げてみせた。

自分だって、やればできるのだと、心地よい満足感に包まれたまま床に入った。あの人の面影がまぶたの裏に浮かんだが、それで心が乱れることはなかった。今日のような調子で物事を覚えていけば、遠くない先に、あの人と会っても失礼のない言動がとれるようになるだろう。そう思えて、あせる気持ちが消えていた。

前夜につづいて幸せな気持ちで眠りについた。そこまでは、〈永遠に安らげる場所〉にいるかのような、欠けるところのない一日だったが、ひそひそ声にまどろみを破られた。板壁の向こうで花人らが、何か話しているようだ。

身辺の用を足す陪臣は、夜も、大きな声を出せば聞こえるところに控えているので、これまでにもそういうことはあったのだが、その日の声には剣呑《けんのん》な響きがあった。気になるので、そっと起き上がって、壁ぎわに行った。

やはり、言い争いのようだった。主人が家来の話を盗み聞きしていいのだろうかと、気が咎《とが》めつつも、板壁に耳をつけた。

「出すぎた真似《まね》だ」

石人が、誰かを叱《しか》り飛ばしていた。

「でも、あの方は、普通のお人では……」

山士の押し殺した声は聞き取りにくかったが、空人のことを「普通でない」と言っているのは確かだった。石人も、その部分は否定せず、別のことにむきになった。

「こういうときの忠告は、逆効果だ。かえって悪い結果になる」

「声が大きい。お目覚めになったら、どうする」

花人は声をひそめていたが、もともとがよく通る声質なので、板壁を通してもしっかり聞き取れた。

三人は、四の姫への恋心を捨てるよう、空人に忠告するかどうかで揉《も》めていた。四の姫がどういう人かを、空人は知らないのだから、教えるべきだ。どんなに恋焦《こ》がれても、その想《おも》いが叶《かな》う望みはないことを、早く伝えたほうがいい。

山士がそう主張すると、石人が、時に声をひそめることを忘れてまで反対したが、その理由は、空人の若さでは、無理だと言い聞かされればされるほど、かえって想いが募るのだから、今はそっとしておくべきだというものだった。

花人は、石人の言葉に同意しつつも、四の姫を妻とするのは不可能だということを、それとなくでも早めに知らせたほうがいいと言っていた。

「ご主人様が、姫君様のことで、取り返しのつかない失態をなさったら、災いは我らにも及ぶのだ」とも。

話は堂々巡りのすえ、結論が出ないまま終わりになった。静まりかえった板壁に、頭と肩をもたせたまま、空人は長いあいだじっとしていた。やがて寝床に戻ったが、眠ることはできなかった。

彼らの会話は、家臣が主人に隠れてする話として、ずいぶんおとなしいものだった。敬語を省くことなく、悪口や不平も交じっていない。空人が普通の人間でないとか、主人が禍《わざわ》いを引き起こせば下臣に害が及ぶというのは、しごくもっともな話だ。

それでも、気持ちがひどくざわついた。何がこんなに引っかかるのだろうと考えて、やがて答えが見つかった。

四の姫を妻とする。

空人がそう望んでいると、彼らが決めつけていたことだ。

そんなことは、夢想もしていなかったのに。

そもそも昨日の昼下がりまで、顔を思い浮かべるだけで胸がいっぱいになり、動く姿さえ想像できなかった人だ。昨日やっと、あの人が、生きて、動いて、しゃべるのだということを発見し、いつか言葉を交わしてみたいというのが、彼の唯一《ゆいいつ》の野望となった。

ああ、そうか。どうしてあのとき、雪大《ゆきんた》の前から逃げるように去ってしまったのか、その理由がわかった。

羨《うらや》ましかったのだ。

雪大はあの人と、少し世間話をしたと言った。何でもない、当たり前のことのように。

それが、羨ましくて、妬《ねた》ましくて、そんな気持ちを抱く自分が醜く思えて、いたたまれなかったのだ。

空人は、己の心の小ささがおかしくなって、寝床の中で少し笑った。

彼のちっぽけな心は、あの人と世間話がしたいという熱望だけでいっぱいだった。それなのに、あの人を妻にするなどという大それたことを望んでいると、花人らはどうして思ったのだろう。

空人が四の姫に恋していると、考えているからか。恋をすれば、その相手と夫婦になりたいと願うのは、当然ということか。

とんでもない――と、頭から否定することはできなかった。いまだに自分が恋をしているとは思えない空人だったが、では、あの人を妻にしたくないのかと問われたら、考え込んでしまう。

さっきまでは夢想もしなかった望みだが、彼はもう、そんな望みを人が持ちうることを知ってしまった。

この日、盗み聞きをしなくても、いつかは自分で思いついていたかもしれない。しかしそれには、長い時間がかかっただろう。

庭で姿を見かけるまでは、脳裏に浮かぶ面影にぼうっとなるばかりで、何も考えられなかった。その後も、あの人が生きて動いている人間だと認識するだけで、心がいっぱいになった。それをなんとか消化して、話をしたいと思うようになった。これからは、夢が叶う時を楽しみに、そのための努力をする日が長く続いたはずだった。そして、運良く言葉をかわせたら、もう一度話したいと思い、何度か顔を合わせるうちに、もっと頻繁に会いたいと願うようになる。

あの人を妻にするなどという考えは、そんなふうに、段階を踏んでゆっくりと到達するはずの高みだった。

ところが花人らの言葉によって、心の準備もできないうちに、目の前に突きつけられた。まるで、日の出前の彼《か》は誰時《たれどき》の薄暗さから、払暁《ふつぎょう》も経ずに唐突に真昼の太陽に照らされたようで、まぶしさに眩《くら》んだ空人の心は、一晩じゅう思い惑《まど》った。

前日の順調さが嘘《うそ》のように、集中力などかけらもない一日が始まった。儀式のせりふと所作は、からだが覚え込むほど練習してあったので、問題なくおさらいできたものの、新しい説明はほとんどが、空人の耳を素通りした。

「どうやら、何をお話ししても無駄なようですね。本日は、ここまでといたしましょうか」

石人が、あきらめ顔でため息をついた。

空人は、申し訳ない気持ちになったが、石人の表情が冴《さ》えないのは、空人がうわの空でいるためだけではなさそうだった。この日、三人の陪臣たちも、朝から様子がおかしかった。山士は、時に何か言いたげに唇をもごもごさせている。花人は眼差《まなざ》しでそれを制したり、石人に問うような視線を投げかけたり。すると石人は考え込んで、いつもの流暢《りゅうちょう》な弁舌が途切れがちになったりする。

自分は主人として、彼らの葛藤《かっとう》を解決してやらなければならないと、空人は思った。盗み聞きしたことを打ち明けるわけにはいかないが、こちらから水を向けて、彼らが言うべきかどうか悩んでいることを話させてやれば、三人の気は晴れるだろう。

「儀式の準備はもうできているのだから、今日は、これから必要になる一般的な知識を学ぶ時間としたい」

前置きとしてそう言ったら、石人に不機嫌な目を向けられた。

「さっきからそのつもりで、いろいろとご説明申し上げておりましたが」

そうだった。石人は、時に流暢さを失いながらも、城内の年中行事についてせっせと解説していたのに、空人がちゃんと聞いていなかったのだ。

三人が恩賞についての噂《うわさ》を集めたところ、空人に与えられる役職は、暦《こよみ》の宰《つかさ》らしいとわかった。衣の色は薄緑で、五年も大過なく勤めれば、背蓋布《はいがいふ》が与えられてもおかしくない地位だという。

役目は、暦の運用と月々の行事を取り仕切ること。暦については、学者らに任せておけば問題ない。行事のほうも、細目までを心得ている有能な事務方がいるのだが、暦の宰をやるからには、基本的なことは押さえておいたほうがいいと、嚙《か》み砕いて教えてくれていたのだ。

「そうだったな。すまない。しかし、まだ就いてもいない職務のことは、おいておこう。六樽様のご意向を先取りするのは、よくないと思う。それよりも、お城に住んでいる方々について、きちんと把握しておきたい。教えてくれ。四の姫とは、どのようなお方か」

石人は、はっと目を開いたが、大きな瞬《まばた》きをひとつして、覚悟を決めた顔になった。

「六樽様には、七人の姫がおられます。一の姫と二の姫はすでに嫁《か》しておられますので、四の姫は、独り身の姫君の中で、いちばん年上でいらっしゃいます」

「三の姫は？」

尋ねると、石人はなぜか気色ばんだ。

「三の姫などおられません。三の丞《じょう》は、しごく頑健なお子様ですから」

意味がわからなかった。

「ああ、それもご存じなかったのですね。では、順繰りにご説明いたしましょう。六樽様の最初の女のお子様は、一の姫でございます。次に誕生されたお子様は、二の姫でございます。そして、三番目にお生まれになったのが、今日《こんにち》では四の姫と呼ばれているお方」

「三は神聖な数だから、飛ばしてかぞえるということか」

「といいますか、三の姫とは、六樽様の跡継ぎとなる姫君のことだからです」

「跡継ぎ？　女が六樽様になることも、あるというのか」

「もちろんです。男子の跡継ぎがない場合、女のお子様が継ぐのは当然のこと。これまでに、女の六樽様はお一人きりですが、督が女性だった例はいくつもあります」

驚いた。女性が政治の中枢《ちゅうすう》を担《にな》う国があることは知っていたが、ここがそうとは思わなかった。なにしろ砦《とりで》でもこの城でも、奥方や姫君は、人目に触れない場所で隠れるように暮らしている。だからあの宴まで、見かける機会がなかったのだ。

けれども、この世界の女性たちは、いざとなれば奥深くから出てくる立場にあるようだ。

空人は、六樽様の跡継ぎといわれる三の丞がまだ幼いことを思い起こし、石人の言いたいことを理解した。

「つまり四の姫は、三の丞が生まれるまでは、三の姫だったということか」

三人は、そろって小さくうなずいた。

「そして今も、三の丞にもしものことが……」

「不吉なことを、おっしゃらないでくださいませ」

花人が、常になくきつい口調で空人の言葉をさえぎった。「けれども、おっしゃりたかったことは、そのとおりでございます」

「そのうえ四の姫は、奥方様のお産みになった、ただ一人の姫君です」

普段はこうした説明のとき口をつぐんでいる、いちばん若い山士も、思いつめた顔で付言した。

「では、ほかの姫君はみな、奥方様がお産みになったわけではない、側室腹のお子様ということか。

「なるほど。四の姫は、そういう特別な立場におられるために、生涯独身でいなければならないのだな」

それならば、妻にするのが不可能というのもうなずける。

ところが三人は、同時にかぶりを振った。それから目で譲り合いをして、花人が口を開いた。

「そんな決まりごとは、聞いたこともございません。四の姫は、この秋で二十三になられますが、このお歳《とし》まで独り身であられたのは、香杏《かあん》との戦が激しくなったためでございます。ここ数年は、姫君の婚礼をおこなうことなどできる状態でなく……。そうでなければ今ごろは……」

花人は何かを言いよどんだのち、石人の目くばせを受けて、それ以上何も言わずに話を終えた。

空人は、頭の中を整理してみた。

四の姫は、六樽様の姫君の中でも、特に高貴な身分である。

しかし、結婚できないわけではない。

それにもかかわらず、三人は昨夜、空人が四の姫を妻にすることは不可能だと断じた。

すなわち問題は、四の姫でなく空人の側にあるのだ。

言うまでもないことだろう。どこから来たのか、どこで生まれたのかもわからない謎《なぞ》の男が、素性を深く問い質《ただ》されることなく家来として取り立てられた。それだけでも異例の扱いといえるのに、さらには高い地位も与えてくれようとしている。

これらはすべて空人が、彼自身の手柄とはいえないのだが結果的に、六樽様をはじめとする人々を、希望のない籠城《ろうじょう》から救ったことへの返礼だ。

けれども、姫君の結婚相手となると、話はまったくちがってくる。王以上の地位かもしれない高貴な一族に、由来のわからない血を加えるなど、論外と思われて当然だ。ましてや六樽様の跡継ぎとなりうる女性が、緑の髪をもたない男の妻になるのは、禁忌といえることだろう。

三人が言うように、空人があの人を妻にするのは不可能なのだ。だとしたら、その望みのまぶしさに、くらくらする必要もない。

ふっと口元をゆるませた空人の顔を、石人が不思議そうにのぞきこんだ。

希望を抱く間もなく突きつけられた絶望に、空人は涙を流しはしなかった。むしろ気持ちが楽になった。

この世界に来ることができたから、あの人に会えた。姿を見ることができた。それだけでじゅうぶんだと思った。

それに、この地に来て最初に空人を捉《とら》えたのは、六樽様への畏敬《いけい》の念だった。この人のもとで生きたい。この人のために働きたい。そう願って、許された。

この地の人々の、出自や身分に対するこだわりを知ったいまでは、彼を直臣にした六樽様のご決断が、どれほど特別なものだったかがよくわかる。

その決断を下して良かったと思っていただくのは、これからなのだ。もうすぐ、この地での本当の生活が始まる。役職を授けられて、六樽様のために働く時が訪れる。

新しい仕事では、学者とか事務方とかを束ねていかねばならないらしい。得意といえることではないが、だからいっそう、職務に気持ちを集中しよう。

空人は、そう自分に言い聞かせた。何度も何度も言い聞かせた。あの人の面影は、浮かぶたびに追い払った。

そして、儀式が始まった。

〈戦おさめの儀〉の最後の行事。空人に、この世界での正式の居場所が与えられる、待ちに待った瞬間だ。

数限りなく練習を積んだ空人は、毎朝食べる豆粥《まめがゆ》を指ですくうときより自然に、中《ちゅう》謁見場《えっけんじょう》に入って所定の姿勢をとることができた。

正装された六樽様は輝くばかりの凜凜《りり》しさで、この方にお仕えするのだと思うと空人は、緊張と喜びで身が震えた。

名前を呼ばれた。

作法どおりに前に出て、両手をついて頭を下げた。

「空人よ。そなたは、香杏を亡《な》きものにするという、この戦で最大の武勲を挙げた。香杏の息子を補佐する狡猾《こうかつ》な軍師とその手先を、見事に滅ぼした。それだけでも特筆すべき働きだが、何よりそなたは、飢えて死ぬばかりだった我らの命を救い、反撃の機会をつくりだした。その功績は、無限の報奨を受けるに価《あたい》する。望むものは何でもつかわそう」

なぜだろう。感極《きわ》まっていたはずなのに、急に頭が、きんと冷えた。最後のせりふは、練習で何度も耳にしたものなのに、初めて六樽様のお声で聞かされたためか、流れていかずに、耳の中でこだました。

望むものは何でもつかわそう。

何でもつかわそう。

つかわそう。

これを聞いたら、さらに頭と肩を低くするのだと、からだはしっかり覚えていたが、床についた手へとのびる両腕は、大きく曲げられた形のまま、少しも動こうとしなかった。

静まりかえった空気が、傾けた背に重くのしかかってきた。それに抵抗するように、空人はぐいと腕をのばして、六樽様のお顔を仰ぎ見た。

「では、四の姫をください」

ひゃっと、悲鳴にも似た息をのむ音が、後ろのほうであがった。

「四の姫が欲しいのです。あの方と結婚させてください」

どさりと、立っていた人間が倒れでもしたような音が聞こえたが、空人にとって、そんなことはどうでもよかった。まわりがどれだけ騒ごうと、口をついて出た言葉は、彼の心の真実だった。

ばたばたと誰かが駆け寄ってきて、空人の肩をつかんだ。緑の衣の人物だった。その男は、六樽様に向かって言った。

「風鬼《かぜんき》です。たちのよくない風鬼が、耳から入り込んで、この者を錯乱させているのです。これから〈風落とし〉をおこないますから、後日あらためて、儀式のやり直しを」

「下がれ」と六樽様は、片手でその男を追い払われた。そして、血の気のひいた顔で、空人に尋ねた。

「本気か」

少しでもひるんだら突き殺されそうなほど、強い視線だった。

空人はひるまなかった。同じくらい強いまなざしで、六樽様を見返した。

「本気です」

ついさっきまで、自分が口にするとは考えてもいなかった願いだった。それなのに、一度口からこぼれたら、それしか考えられなくなった。

あの人が欲しい。四の姫が欲しい。何と引き換えにしてでも。

六樽様が、ふうと息を吐いてから、口元をきゅっと結ばれた。

「私はそなたに、望むものは何でも与えると約束した。どんな意味合いで言ったにせよ、この口から出た言葉は、違《たが》えるわけにはいかない」

あたりは大きくざわめいた。「六樽様、どうか」「それはおやめください」「手はいくらでも」

六樽様はそれらの声に、何の反応も示されなかった。

「四の姫を、そなたの妻とする。三日後に、婚姻の儀をとりおこなえ。今日の儀式はここまでとし、後日、空人以外の者について、あらためて開催する」

それだけ言ってお立ちになり、くるりと背中を向けて去っていかれた。

さわっと、音のないかすかな風が、空人の頬をなでた。

いま城内で、いちばん静かな場所はここではないかと、彼は思った。

山士は黙々と、空人の晴れ着の準備をしており、大きな布を広げるとき、さわっと空気を動かした。

石人は、どこからか借りてきた書物をめくって、六樽様の姫君を娶《めと》る婚姻の儀の詳細を調べている。

花人は、見本帳を傍らに置いて、長い巻き紙に——布帳とちがって、紙は高価なものらしいが、花人は大量に用意していた——文字を書いている。おそらくこれも、婚姻の儀に必要なものだろう。

書物や筆記具のたてるささやかな音がするほかは、しわぶきひとつ聞こえない静けさだった。

六樽様が出ていかれたあと、中謁見場は大騒ぎとなった。空人は何人もに、申し出を撤回するよう詰め寄られた。

「大祭司様が機転をきかせて、風鬼を持ち出してくださった。何も覚えていません。おかしなことを言ったとしても、自分の本意ではありませんと申し立てれば、まだ取り返しはつく」

庫帆《くらほ》の督など、そう言いながら、目尻に涙を浮かべていた。

空人は、懇願も説得も恫喝《どうかつ》も、すべてを無言で拒絶した。やがて、花人らに救い出されて、居室に戻ることができた。ご主人様はお疲れだ、少しお休みになったほうがいいと三人は、寝具をのべて、空人を強引に寝かせた。本当に疲れていたようで、目をつぶるとたちまち眠りに落ちた。

目覚めると、すぐ横に三人が、きっちり並んですわっていた。

彼も身を起こして、向かいあった。花人が、いつもの陽気さが微塵《みじん》も感じられない声で尋ねた。

「四の姫と結婚されたいというご発言、撤回されるお気持ちはありませんか」

「ない」

即答すると、三人は無言で頭を下げてから、婚姻の儀の準備を始めたのだ。

ほっとするより、拍子抜けして、思わず尋ねた。

「おまえたちは、いいのか、それで」

あんなに練習して叩き込まれた作法を無視して、法外な願いを口にした。それも、形式的な問答を利用して、本来なら不可能なことを、ねじ曲げて通してしまった。ずるいやり方だったことは、自覚していた。それでも空人は、四の姫が欲しかった。誰にののしられても撤回する気はなかったが、最も激しく反対するものと思っていた三人が、何も言わずにいるのが無気味だった。

だいたい、「ご主人様が、姫君様のことで、取り返しのつかない失態をなさったら、災いは我らにも及ぶのだ」という心配は、まさにそのとおりになりつつある。六樽様がお認めになったとはいえ、城じゅうの人間が猛反対しているのだ。このままですむはずがない。彼らにも、さまざまな苦難が降りかかるだろう。それなのに、どうして意見のひとつもしないのか。

花人が手をとめて、空人のほうを向いてすわりなおした。他の二人もそうした。

「ご主人様がお決めになったことならば、我らは従うだけでございます」

それだけ言うと、作業に戻った。

その静謐《せいひつ》さに、空人は覚えがあった。

上からながめたときの、砦の人々。すぐ間近に避けられない死が迫っているのを知りながら、淡々と日常を過ごしていた。

花人らの顔は、あの人たちと同じだった。

胸が苦しくて、泣きたくなった。

ここ以外の場所ではいまも、大騒ぎが繰り広げられているだろう。なんとか空人を説得できないか、あるいは六樽様にご決断を考え直していただけないか、唾《つば》を飛ばして議論したり、どうしてこんなことになったのだと頭をかきむしって嘆いたり。恩賞の儀式がただただ面白おかしく噂をまき散らしている者もいるかもしれない。

繰り延べになったことの後片づけに追われている者もいるだろう。

ところが、騒動の中心人物がいるこの部屋では、花人が筆記具を紙の上にすべらせる音と、石人が書物をめくる音、山士が布を動かす気配がするばかり。

呑《の》み込めないはずのものを呑み込んで、決してやりたくない仕事に、三人は向かっている。死すべき運命を呑み込んだ人々と同じ静けさで。

これが、契《ちぎ》りを交わした家来というものなのだ。死ねと言われれば命を投げ出すという忠心は、主人の自分勝手から生じた、大義も道理もない仕事にも、こんなふうに静かに一途《いちず》に向かわせる。

それにひきかえ空人は、忠誠を誓った相手をやりこめるようにして、本当ならば手に入るはずのない女性を手に入れようとしている。

自分はいずれ、太陽を動かす荒縄を引くことになるだろうと、空人は思った。その苦行は、きっと何百年も続くだろう。

それでもいいと思った。あの人を妻にできるのなら、それでもいい。

やはり自分は恋をしていたのだと、空人は悟った。恋が、どんなに恐ろしいものかも。

六樽様のご命令を守るために、婚姻の儀の準備が大急ぎで進められた。

本来ならば、二日や三日で支度が整う儀式ではなかった。人手も、花婿《はなむこ》側の家臣がたった三人では、まったく足りない。

けれども、〈戦おさめの儀〉は、最後の行事が中断されたままなので、まだ終了していなかった。すなわち、公式にはまだ戦時とみなされるわけだから、姫君の婚儀といえども大胆な簡略化ができなくはない。石人が書物で調べていたのも、省けるものと省けないものとの見極めで、お城の事務方と相談のうえ、三日の準備で体裁を整えられる式次第を、どうにか定めることができたようだ。

空人は、あれからにこりともしない花人に見守られつつ、山士の示す見本に従って、言うべきせりふ、とるべき動作を練習した。簡略化された式なので、覚えることは多くなかった。

「今度こそ、決まった所作からはずれたことをなさらないでくださいね」と、石人が何度か言ったが、本気の注意か皮肉なのかは、よくわからない。

途中、三回ほど邪魔が入った。身分の高い訪問者だ。

最初に現れたのは、霧九《きりく》の督だった。滞在時間はごく短く、空人に翻意する気がないことを確かめると、奥歯で何かを嚙み締めるような顔つきで立ち去った。

次に来訪した庫帆の督は、こんこんと空人を説得した。彼の話には知らない言葉がたくさん出てきたが、その意味を確かめなくても、空人のせいでさまざまな悪いことが起こると言っているのはわかった。

最後に、涸湖《からこ》の督がやってきた。彼の滞在がいちばん長かった。雑談めいた話を繰り返すばかりで、なかなか本題に入ろうとしなかったのだ。礼儀上、用向きを尋ねることもできないので、だらだらとした話を聞きつづけるしかなかった。

泗湖の督はやがて、話題が尽き、話しつづける気力も尽きたというように黙り込んだ。それから唐突に本題に入った。

「そういえば、空人殿はご存じだろうか。鷹陸《たかりく》の督と四の姫が、恋仲だということを」

まるで、空人が四の姫と結婚しようとしていることを知らないかのように、ひょうひょうと語ったが、目は落ち着きなく泳いでいた。

「なにしろ鷹陸といえば、督の中でも名門中の名門。雪大殿が都に来られる機会は多く、まだ四の姫が幼くいらっしゃったときから、親しい間柄だったのだ。姫君が長じてからは、自然に思い思われる仲とおなりになった。おふたりが睦《むつ》まじくされている様子は、ほんとうに微笑《ほほえ》ましいものだった」

そこまで言うと泗湖の督は、窓から低く差し込む陽光に目をやった。

「これは、とんだ長居をしてしまった。お名残りおしくはあるけれど、これで失礼させていただく」

四の姫について語ったとき、花人が言いよどんだのはこのことだったのだろう。

雪大と四の姫は、恋仲だった。それを城じゅうの者が知っていて、あたたかく見守っていた。

なぜなら、名門の督である雪大は、身分の上でつりあう相手にちがいない。そのうえ、武勇の誉れも高く、人格的にも優れている。香杏による戦乱がなかったら今ごろは、似合いの夫婦になっていたのだろう。

空人は、雪大にどれだけ助けられてきたかを考えた。

自分が、どうすべきかを考えた。

魂が、二つに裂かれるように感じた。雪大のためなら、どんなことでもしたいと思う空人と、この身が千に引きちぎられても、四の姫をあきらめることはできないと思う空人に。

心はすでに、千々にちぎれて乱れていた。苦しくて、いつのまにか、むせび泣いていた。

父親が、どうして彼を憎悪《ぞうお》の目で見ることがあったのか、はっきりとわかった。父は知っていたのだ。自分の息子がどんなにあさましい人間かを。

雪大の恋人を奪うことをどれほど苦しく思っても、自分が四の姫との結婚を撤回しないことを、空人は知っていた。

やがて涙が枯れ果てたとき、この世でもっともあさましい人間になる覚悟を決めた。批難も軽蔑《けいべつ》も憎しみも、甘んじて受けとめよう。もしかしたら、殺意さえも。四の姫を妻として、ただ一度でも抱きしめることができるなら、次の瞬間に殺されてもいいと、空人は思った。

あの男を、殺すと決めた。

姫君との結婚が決まったあの男は、六樽様の身兵に日夜守られているけれど、婚姻の儀では無防備になる。殺すのは、そのときだ。

儀式は、枝葉をぎりぎりまで削《そ》ぎ落とした、簡素なものになるだろう。

けれども、婚姻の儀であるかぎり、省略できない要素がある。

花婿と花嫁が、それぞれの〈至誠の布灯〉に火をつけること。祭司がふたつの炎をひとつにして、〈夫婦固めの蠟燭《ろうそく》〉をともすこと。花婿が晴れ着の胸を引っ張って、白く塗った胸を見せること。

そうやって、邪《よこしま》な心を持たず、妻に迎える姫君を大切にすることを、臨席者に示すのだ。

なんという茶番。邪な心がなければ、こんな婚姻は成立しようがないというのに。

最後に祭司が蠟燭を消し、花婿は、花嫁を覆《おお》っていた布笠《ぬのかさ》を取り去って、その顔をあらわにする。

その時まで、待ってはならない。四の姫を一瞬たりとも、あんな不審者の妻とするわけにはいかない。遅くとも、祭司が蠟燭を消すまでには、あの男の命を消さなければ。

本当は、もっと早く殺しておけばよかったのだ。あの男が、弓貴《ゆんたか》の地に災いをもたらす人間だということは、とっくにわかっていたのだから。

戦の最中《さなか》に、絶好の機会があったのに、彼はそれを逃してしまった。

怖かったのだ。

〈空鬼の筒〉がどうしても必要となる事態は、今後も起こるかもしれない。そのときにこの男がいなかったら、己《おのれ》の浅慮でまたしても、六樽様のご支配を危うくしてしまうことになる。

取り返しのつかない失敗を、ふたたびおかしてしまうのが怖くて、踏み出す勇気がもてなかった。

それだけではない。六樽様の直臣を、その意に反して殺したりすれば、彼自身も死なねばならない。

その覚悟を固めることができなかった。

命を惜しんだわけではない。香杏が滅びるのをどうしても、自分の目で見届けたかったのだ。

だが、戦は終わった。弓貴の安寧に心配の種が残っているとしたら、それはあの不審者の存在だけとなった。これからは、よりいっそう気をつけて、あの男の動向を見ていなければならないと思った矢先、悪い予感はあたってしまった。

あの男は、こともあろうに、四の姫を妻にしたいという大それた無理難題を、大胆にして狡猾なやり方で通してしまった。どこから来たのか、何者なのかもわからない無気味な男が、弓貴の地で最も高貴で、最も美しく、最も聡明《そうめい》なあのお方を、手に入れようとしているのだ。

この企《たくら》みが成功したら、次に何をするつもりかは明白だった。

三の丞の暗殺。つづいて、六樽様をも亡きものにする。

そうなれば、あの男は新しい六樽様の夫君となり、事実上、弓貴のすべてを手に入れる。

きっと最初から、そういう計画だったのだ。

なんと大胆で、見事な計略だろう。

何より恐ろしいのは、これだけ明白な姦計《かんけい》に、誰も気づいていないことだ。猜疑心《さいぎしん》の強い上の丞も、老獪《ろうかい》な下の丞も、慧眼《けいがん》の持ち主であるはずの霧九の督も、抜け目のない庫帆の督さえ、あの男が四の姫に一目惚《ひとめぼ》れしたと信じきっている。鷹陸の督など、あの男の無邪気さの演技に、最初から籠絡されていた。

高貴な人々の目をくらます不思議な力を、あの男はもっているのかもしれない。

だとしたら、出自の卑《いや》しい自分が八の丞という地位にいる意味が、今こそある。弓貴の災いを、手遅れになる前に取り除くことができるのは、自分だけなのだ。

星人は、そんなことを考えながら、小刀を砥石《といし》にあてた。

この刃物を、袖《そで》に隠して持ち込むのだ。やるのは、あの男が胸をはだけたとき。そのときならば、確実に皮膚を裂くことができる。

腕に自信はないから、刃に毒を塗るつもりだった。致命傷を与えずとも、息の根を止められるように。

あの男に切りつけたら、すぐに自分の胸を突く。それですべてが終わるのだ。

あとのことは心配ない。香杏は滅んだ。あの男がいなくなれば、六樽様の世を脅《おびや》かすものはなくなる。

このおこないは重罪とみなされるだろうが、高貴な人々も、いずれはあの男のまやかしから醒《さ》めて、星人《ほしんと》のしたことの意味をわかってくれるだろう。そうでなくても問題ないが。

星人には、近親者の処罰をおそれる必要がなかった。故郷の親兄弟とは、六樽様の直臣に取り立てられるとき縁を切っている。そうでなくても、身分といえる身分のない者は、縁坐《えんざ》の対象になりはしない。

また、直臣になって以降の星人に、新しい家族はできなかった。八の丞にまで出世したのに、縁談がひとつもなかったのだ。おそらく城内の人々は、彼の出自の卑しさを、今も忘れていないのだろう。

それもしかたのないことだと思っていた。ここまで出世できただけで、じゅうぶんだ。それ以上を望むのは贅沢《ぜいたく》だと。

それなのにあの男は、どこの誰ともわからないのに、いきなり高い地位をつかみとったばかりでなく、四の姫を娶ることが許された。あの美しい、高貴な人を。

それを思うと星人は、血の逆流するような怒りをおぼえた。

気を落ち着けて、慎重に小刀を研《と》ぐ。刃がわずかに触れただけでも、あの男の肌を切り裂くように。血を流させさえすれば、毒はからだにまわる。あの男の命を奪える。

その時が、待ち遠しくてならなかった。

月のない夜だった。

薄雲が空を覆ってでもいるのか、星明かりもない。

それでも、夜を徹して仕事をしている者たちの灯《とも》す明かりが、あちこちの布壁から漏れ出ており、庭の一隅に立つ空人の目は、あたりの様子をとらえることができた。

徹夜をしている者が多いのは、婚姻の儀が翌日に迫っているからだった。たった三日で姫君が嫁ぐ準備を整えようという者たちに、寝ている暇のあるはずがない。花人らも、赤い目をして仕事の追い込みにかかっている。それだから、彼がこっそりと寝床を抜け出したのに気づかなかったのだ。

空人は、格子戸《こうしど》につづく小路の入り口を、少しはなれた場所から見つめていた。なぜここに来て、こうして立っているのか、自分でもわからなかった。

あの道を進み、格子戸の前まで行っても、こんな夜更《よふ》けに四の姫が庭に出ているはずはない。あの人は今ごろ、寝床の中だ。

ただし、眠ってはいないだろう。翌朝には、幼い頃からの想い人と引き裂かれて、正体のわからない男と結婚しなければならないのだ。胸が張り裂けるような気持ちでいるはずだ。涙にくれているかもしれない。断れない状況で無体な要求をした男のことを、死ぬほど恨んでいるだろう。

それがわかっていながら空人は、この婚姻を取りやめると言い出すことができなかった。

彼の中に、鬼がいた。

鬼とは、人の力ではどうにもできない理不尽や災厄をもたらすものだという。聞いたときにはぴんとこなかったが、今まざまざと、その存在を感じている。正しいこと、すべきことはわかっているのに、彼の心はその方向に、ぴくりとも動かない。

きっと、空鬼《そらんき》に助けられたとき、彼の中に鬼が住みついたのだ。

考えてみれば〈空鬼の筒〉のなしたことは、香杏の側からみると、まさに理不尽な災厄だ。あの、人でもない、神でもない存在は、恐ろしい鬼だったのだ。鬼だからこそ、純粋な微笑みを浮かべることができたのだ。

そんなことを思いながら空人は、隘路《あいろ》の入り口を見つめていた。それ以上近づくことも、背中を向けて引き返すこともできないまま。

あの人が欲しいという、もうすぐ叶うはずの狂おしい思いは、希望というより絶望だった。ひたすら重く、動かしがたく、岩のようにでんとして、ただしんと、空人の中に居座っていた。

夜も深閑としていた。城を取り巻く並木の梢《こずえ》が、たまにさわわと鳴る以外は、耳の中で時がとまったかのような静けさだった。

そこに、かすかな足音がして、彼の視界の右端に、ぼんやりとした人影が現れた。

空人が身動きせずに見つめていると、人影は、隘路に近づいていった。

姿形よりも足の運びで、それが誰だか見当がついた。

では、案に相違して四の姫は、あの庭にいるのかもしれない。ふたりで示し合わせて忍び逢《あ》い、別れの言葉を言い合うのか。それとも、まさか……。

空人の心の中で、岩はさらに固く、重くなる。

人影は、隘路の入り口で足をとめた。そのまま動きも音もなく、時間だけが過ぎていく。

静けさと時の重さに打ち負かされて、空人が叫びだしそうになったとき、人影は踵《きびす》を返して、もと来たほうに戻りはじめた。

ということは、示し合わせてなどいなかったのか。しのび足でも規則正しい足の運びの持ち主は、ただどうしようもなく、ここまで来てしまっただけだったのか。

そのとき、心の中の岩が砕けた。岩は無数の飛礫《つぶて》となって、空人を激しく打ちつけた。たまらなくなって、声をあげた。

「雪大」

人影に駆け寄り、腕をつかんだ。

「雪大。私は、知らなかったのだ」

つづいて「すまない」という言葉が転がり出そうになった。けれども、謝るくらいなら、婚姻を取りやめると言えばいい。それがおまえにできるのかと自分に問うと、何も言えなくなってしまった。

雪大は、腕をつかむ空人の手に、自らの手をのせた。

「空人殿。そなたは私を、二度も救ってくれた。一度目は、砦の地下の道をあけることによって。二度目は、敵の奇襲を受けたとき、私を狙《ねら》った矢を切り落として。あの矢は、私の胸へと向かっていた。気づくのが遅すぎたから、空人殿が助けてくれなかったら、よけることもふせぐこともできなかっただろう」

「あれができたのは、雪大が……鷹陸様が、剣を教えてくれたからだ」

「そなたが熱心に練習したからだ。あれほどの早さで上達する者は、そういない」

それから雪大は、空人の手を自分の腕からはずすと、正面から向き合うように、立つ位置を変えた。

「そなたは命の恩人だ。だが私は、それ以上に感謝していることがある。空人殿は、どこからか我らのもとに現れることによって、六樽様のお命を救ってくれた。奥方様、三の丞、姫君たちのお命も。今度のことでは、いろいろと不愉快なことを言う者がいるだろうが、空人殿は、何の負い目も感じることはない。そなたがいなければ、四の姫様も、生きてはおられなかった。あの方も、そんな道理がわからない人ではない。きっとそなたに、心から尽くされるだろう。どうか、大事にしてさしあげてくれ。たおやかにして、なかなかたくましいお方だ。けれども、笑い声がふだんよりも高くなってきたら、無理をしているという合図だ。いたわってさしあげてほしい」

空人は、何も言うことができなかった。

「すまない。よけいなことをしゃべってしまった。お伝えしたかったのは、私に気をつかうことはないということだ。空人殿には、四の姫を娶るじゅうぶんな資格がある。

そして、六樽様がお決めになった。それがすべてだ。どうか、晴れ晴れとした気持ちで、あの方を迎えてほしい」

それだけ言うと雪大は、小さく一礼して去っていった。空人は、引き留めることはおろか、口をきくことも、身動きすることもできずに、闇《やみ》に溶けていく背中をただ見送った。

自分が踏みにじっている心の気高さに圧倒されていた。罪の意識の石飛礫は、ふたたびどっしりとした岩に変わって、彼の心を押しつぶした。

それでも、婚姻を取りやめると言うことはできなかった。

自分はきっと、太陽を一人で引く者になるだろうと、空人は思った。

それでもいい。ただ一度でもあの人を、妻として抱きしめることができるなら、その場で死んで、永遠に太陽を引きつづけてもいい。

そして、儀式の時が来た。彼のやましさにも似たどっしりと重い婚礼衣装を身に付けて、空人は祭司の前に立った。

六樽様もその他の人々も、感情を押し殺したような無表情だった。三の丞だけが、泣くのをこらえているのが見て取れる、悔しそうな顔をしていた。

誰にも祝福されない婚礼が始まる。

空人は今後、あらゆる人に、恨みと軽蔑だけを向けられるだろう。胸のあたたかくなる親交は、誰とも二度と結べないだろう。

それでもいい。

そう思い定めて、すべてと引き換えにした人が、彼の隣に立った。

空人は息を詰めて、歓喜が絶望の岩を押しのけるのを待った。

何も起きなかった。この三日で、心がくたくたに疲れてしまったせいだろうか。何ひとつ感じない。

けれども、四の姫とこんなに近づいたのは初めてなのだ。どうして何の感情もわいてこないのか。

身じろぎひとつしてはいけないとわかっていたが、空人は、首をわずかに横に向けて、花嫁を盗み見た。

彼に劣らずどっしりとした衣装を身につけたうえ、頭にのせた円形の笠から布が垂れ下がり、胸から上をすっぽりとおおっていた。これでは、体形すらわからない。

思っていたより背が高いと感じた。

空人が、四の姫の立ち姿を見たのは二回だけだ。宴から退出するときと、庭で腰を伸ばしながら振り向いたとき。どちらも、遠くからの束の間《つかま》だった。

それでも空人は、一瞬で、あの人のすべてを捉えたはずだ。

「新しく夫となる者は、火をともせ」

祭司が声を張り上げた。催促するような響きがある。声をかけられたのは二度目かもしれない。

空人はあわてて手元の台から火付け金をとり、がりがりとこすって付け木に火をつけた。それを布灯の芯《しん》に近づけると、ぽっと音をたてて小さな炎が生まれ出た。

「新しく妻となる者は、火をともせ」

隣に立つ女性が、同じことをした。

優雅な手つき。長くて白い指。金色に塗られた爪《つめ》。

違和感が大きくなった。

祭司が何かの文句を唱えながら、ふたつの布灯を両手にもって、蠟燭に近づけた。

空人は、次にとるべき動作を頭の中でさらってみた。臨席者のほうを向いて衣装を引っ張り、胸をはだけるのだ。細かな手順もきちんと覚えている。

蠟燭から、炎が高く上がった。どんな材料を芯にすると、こんなに高く燃える蠟燭が作れるのだろう。

祭司が大仰なしぐさで、炎の神に礼を捧《ささ》げた。

あと少しだ。あと少しで儀式は終わる。四の姫と夫婦になれる。

「夫となる者は、その胸の白さを示しなさい」

祭司の言葉を聞いて空人は、習ったとおりの足取りで、向きを変えはじめた。

六回の動作で真後ろを向かなければならないのに、途中で足がとまった。花嫁のほうを向いたときだ。

違和感が、我慢できないほど大きくなり、気がつけば、両手をのばして、笠と覆いを引きむしっていた。

あの人ではない女性が立っていた。

驚きに見開かれた目は大きすぎ、鼻は高すぎ、艶《なまめ》かしい唇は、封印した遠い記憶の好ましくない情景を想起させた。

空人の中の岩がかき消えた。

罪の意識など感じる必要はなかったのだ。彼らは最初から、大事な姫を、正体不明の男に差し出すつもりはなかった。偽者《にせもの》をよこして、誤魔化すつもりだったのだ。城の者たちの説得も、雪大の気高い許しも、空人に疑いを抱かれないための芝居だった。結婚が成立するまで、花嫁の顔を厚い布が隠しているというのも、空人を騙《だま》すために考え出された偽りの風習かもしれない。だとしたら、儀式の段取りを説明した石人らも、ぐるだったことになる。

怒りと悔しさで、空人は卒倒しそうだった。

なぜ、こんなひどい騙し方をするのだ。こんなことをするくらいなら、四の姫を妻にと言い出したあのときに、「無礼者」と、斬《き》り捨ててくれればよかったのに。

怒りがからだを熱く燃え上がらせていたはずなのに、怒りよりもさらに大きな悲しみが、彼を冷たく凍らせていた。

目の前にいる見知らぬ女が、いぶかしそうに、かすかに首を傾けた。

空人は、女の顔から目をそむけて、六樽様に向かって言った。

「どうして、こんなことをなさるのですか。こんなひどい裏切りを」

答えを求めていたわけではない。彼はもう、この世界に何も求めていなかった。できることなら今すぐに、川の底に戻りたかった。

「裏切りとは、どういう意味だ」

大きな声でもないのに、腹に響くほどの怒気あふれる声音だった。六樽様の両目は、大きく吊《つ》り上がっていた。

この期《ご》に及んでまだそんな芝居をするのかと、空人はあっけにとられた。

「どういう意味かと聞いている。いまさら何が不服なのか」

「この花嫁は、四の姫ではありません。四の姫は、どこにおられるのですか」

あんなに敬愛した人に、こんな当たり前の指摘をするのが、情けなくてたまらなかった。

「そこに立つのは、四の姫。我が三番目の娘であることに、間違いない」

首をすくめたくなるような迫力で言われた。

「ご主人様。その方は、まごうことなき、四の姫様でございます」

花人の声がした。他の者もがやがやと、花嫁が四の姫であると保証する。

ああ、そうか。全員で口裏を合わせれば、顔があらわになったあとでも、この女性を四の姫ということにしてしまえる。そうやって、恩賞授与の儀式での約束を、反故《ほご》にするつもりなのだ。

なんという欺瞞に満ちた世界。

この城のどこかにある〈空鬼の筒〉をさがしに走りたくて、空人の足はむずむずした。

「儀式を続けよ」

六樽様が祭司に命じた。

「しかし、花婿の様子が尋常では……」

「私は、四の姫としか結婚しない」

空人が叫ぶとまた、その女性が四の姫だと、いくつもの声が飛ぶ。厳《おごそ》かな儀式の場とは思えない騒々しさだった。しまいには、誰が何を言っているのか聞き取れないまでの喧噪《けんそう》となった。

耳を押さえてうずくまりたくなったとき、潮が引くように人声が消えた。

気がつくと、全員の目が、空人のすぐ横にそそがれていた。彼もそちらに顔を向けると、花嫁が、彼に向かって頭を下げていた。

その端正なたたずまいに、空人は束の間、怒りも混乱も忘れて息をのんだ。

花嫁は、頭を起こして、胸の前で両手を組み、彼をまっすぐに見た。

頬からあごにかけての輪郭が、あの人に少し似ていた。いや、あの人もこの女性も、六樽様に似ているのだ。

それに、見知らぬ女と思ったが、よく見ると、砦の天幕屋敷を見下ろしたとき、布だらけの部屋にいた一人のようだ。

「失礼ながら、お尋ねいたします。花婿様は、どうして私が、四の姫ではないとお考えなのでしょうか」

「そなたが四の姫ではないからだ。私はあの人の顔を、はっきりと覚えている。そなたは違う人間だ」

ふたたびまわりがざわついたが、花嫁は落ち着いた様子で質問を続けた。

「花婿様は、宴の席で四の姫を見初められたと聞いていますが、それは真実でございましょうか」

空人はうなずいた。あの人に心をつかまれたのはその前だが、あの出来事を説明するのはややこしすぎる。それに、宴のときに見初めたというのも、あながち間違いとはいえない。

「では、あらためてお尋ねいたします。花婿様は、宴の席でお見初めになった女性が四の姫であると、どうしてお考えになったのでしょうか」

何を聞かれているのか、理解するのに少し手間取った。質問の意味がわかってからも、その意図は不明だ。この国の人間お得意の議論で言い負かして、嘘を通してしまおうというのか。

負けるものかと、空人は思った。

「花人が——わが陪臣が、そう言ったからだ」

「『そう』とは?」

「姫君の中で、最も美しく、目立っていた、青い衣装の女性は、四の姫であると」

「確かにあの日、私は、青い服を着ていましたが……」

「それだけではない」言いくるめられまいと必死で頭を働かせた空人は、別のことを思い出した。

「雪大も——鷹陸様も、そう言った」

「『そう』とは？」

「中庭に立っていた四の姫と、少し世間話をしたと」

花嫁は、小さく首をひねってから言った。

「六日前のことでしょうか。確かにその日、私が奥の西屋の庭におりましたとき、裏戸の前を鷹陸様がお通りになり、少しお話しいたしました。世間話などではありませんでしたが」

「嘘だ。庭にいたのは、あの人だった。あの人は、どこだ。あの人に会わせてくれ」

腰を伸ばしながら振り向いたあの人の可憐《かれん》さを思い出して、空人は泣きわめきたい気持ちになった。

「花婿様。どうぞ落ち着いてくださいませ。どうして花婿様は、鷹陸様が奥の西屋の庭の前をお通りになったときに、私とは違う人間がいたと、お考えなのでしょうか」

「その直前に、私もそこを通ったからだ。そして、あの人を見たからだ。庭にはほかに、誰もいなかった」

「花婿様がお通りになったとき、ご覧になったという人物は、あなた様に気づいた様子でございましたか」

「間違いなく気づいた。振り向いて、こちらを見た」

すると花嫁は、すうっと目を細めて微笑んだ。

「では、その人物は、私ではありません。あの日、私が庭におりましたときにお見かけしたのは、鷹陸様おひとりきりですから」

「そうだ。私が見たのは、あなたではない。最初からそう言っている」

「おっしゃるとおりでございます。ご覧になったのは、おそらく七《なな》の姫かと存じます。庭に出るとき私は、庭から西屋に入ってくる七の姫とすれ違いました」

空人が大きな瞬きを三回するあいだ、静寂が続いた。

空人が庭で見た相手と、雪大が世間話をした相手は、違っていたのか。しかし、花人も、空人が見初めた女性は四の姫だと言った。

「七の姫様は、宴のとき、水色のお衣装だった」

誰かが声をあげた。

「青と水色では、ずいぶん違うが」

「そういえば、ご主人様は、鳶色《とびいろ》も檜皮色《ひわだいろ》も同じ茶色に見えるとおっしゃっていた。水色と青色の区別も、おつきでないのかもしれません」

これは、石人の声だ。

「人違いだったのか。この騒動は、人違いから引き起こされたというのか」

涸湖の督が、誰にともなくつぶやいた。

「人違い……」

突然、空人の視界ががくんとぶれた。腰から下の力が抜けて、すわりこんでしまったのだと気づくのに、少し時間がかかった。

「人違いだと？」

「七の姫だったのか」

「しかし、一番美しい姫君様と言われれば、誰だって」

「七の姫なら、何の問題も」

さっきまでの喧噪と違い、人々は浮かれたようにまくしたてた。その様子を見ているうちに、空人から、上半身の力も抜けた。

人違いだった。

あの人は、四の姫ではなかった。雪大の恋人ではなかった。空人は、ここの人たちに騙され、裏切られてはいなかった。

人々は上気した顔で、よかった、よかったと言っている。七の姫は、空人が妻にしたいと願っても、とんでもないと思われたりはしない相手のようだ。

笑いだしたいようなくすぐったさが四肢を走りぬけた。その場にぐにゃりと寝そべりたいほど脱力したが、空人は、ふんと息を吸い込んで、ふにゃふにゃだった体軀《たいく》に力を入れた。

立ち上がって、六樽様に言わねばならない。私が見初めたのは、四の姫ではありませんでした。七の姫と結婚させてくださいと。

腰を浮かせながら六樽様の方を向いて、ぎょっとした。

六樽様はただお一人、血の気のない、青白い顔のままだった。目には怒りが満ちている。

「儀式を続けよ」

空人は耳を疑った。この方だけは、まだ状況を理解しておられないのか。

「六樽様、人違いだったのです。私が妻に欲しいと思ったのは、四の姫ではなく、七の姫だったのです。ですから……」

「空人。おまえが四の姫を妻にしたいと口にしたのが、どういう場だったか、覚えているか」

覚えている。〈戦おさめの儀〉を締めくくる大事な行事の最中。故事に基づく形式的なやりとりをはずれての請願。

「神聖な場で、申しわけありませんでした。しかしとにかく、四の姫と言ったのは間違いで、私がお願いしたかったのは……」

「おまえがどういうつもりだったかは、もはや問題ではない。神聖な場で、おまえは私に四の姫が欲しいと言い、私は承諾した。この約束は、守られなければならない。おまえは、どうあっても、四の姫を娶るのだ」

「そんな……」

絶句して空人は、花嫁のほうを見た。その顔は、もう微笑んではいなかった。切れ長の目は父親にいくらか似ていたが、きつく結ばれていても艶かしい口元は、空人の背筋をぞくりとさせた。

苦手だ。この女性とは、長くいっしょにいたくない。ましてや、妻にするなど。

それに、彼の気持ちをさておいても、空人と四の姫の結婚には、不都合ばかりが山積で、誰もが必死で撤回させようとしていたのだ。彼がやめると言いさえすれば、それでいいはずではなかったのか。

「儀式を続けよ」

六樽様のお声は、もはや怒声だった。場内の空気は、一気に冬がきたように凍りつき、人々は息をすることまで止《や》めてしまったかのようだった。

やがて、おそるおそるといったふうに、祭司が口を開いた。

「六樽様。花嫁の笠がはずれてしまいましたので、このまま続けることはかないません。一度中断として……」

「かまわぬ。続けよ」

空人は、視線をぐるりとめぐらせた。誰かこの状況を打開してくれる者はいないかと、祈るような気持ちだった。

何の意味も、益もなく、誰にとっても不幸でしかない結婚だ。もとはといえば空人が悪いのだが、もはや誰も望んでいない儀式を、どうして続けなければならないのか。

「曲者《くせもの》だ」

静寂を切り裂く一声とともに、八の丞の星人が、祭壇の裏に突進した。

「今そこに、怪しい人影が見えました。こんなものを落としていきました」

星人が高く上げた右手には、小振りの刃物が握られていた。「おお」というどよめきを皮切りに、ふたたび喧噪があたりを満たした。

「賊を捕えよ」と、なんだか嬉《うれ》しそうな声で上の丞が命じた。

「姫様はこちらに」と年老いた侍女たちが、四の姫をかばうように抱えて連れていく。六樽様の周りを、どこからか現れた陪臣らがぐるりと立ち囲む。そして、空人の傍らには、花人と山士がいた。

「大声をあげながら、暴れてください」

耳元で花人がささやいた。何のためだかよくわからないが、「うわー」と声をあげながら、手足を振りまわしてみた。

「ご主人様、だいじょうぶですか」

山士が叫びながら、空人の鳩尾《みぞおち》にこぶしを埋めた。目の前が暗転して、空人は意識を失った。

ふふっと上の丞が、鼻から強く息を吐いた。くしゃみを我慢した音にも聞こえたが、笑いをこらえそこねたようでもある。

どちらなのか見定めようとする下の丞の視線から、するりと顔をそむけると、上の丞は小さく咳払《せきばら》いした。

ということは、笑いのほうだな。そういえば、きまりの悪そうな表情だ。

上の丞のきまりの悪い顔など、めったに拝めるものではない。それに、この男が、可笑《おか》しいことなど何もないなか失笑するのは、初めて見た。

そう。可笑しいことなど、何もなかった。

上下の丞が、山積している課題について話し合っているのだ。ここで決まったことは、上の丞が六樽様に上奏し、たいていはそっくりそのまま弓貴全土を動かす方針となるのだから、気の抜ける話し合いではない。

なにしろ戦が終わったばかりだ。政《まつりごと》のうえでは、これからが闘いの佳境となる。戦乱で荒れた土地や物事を、どう修復していくのか。戦の間は棚上げしていた問題を、いかに処理するのか。難題が、いくつも控えていた。

たとえば、乾囲《かんい》からの船に、どう対応するか。もともとは、荒れがちな海に阻《はば》まれて、年に数隻《せき》、来るか来ないかの交流だった。来れば、弓貴の特産品と引き換えに、珍しい品々が手に入るが、行きか帰りにしょっちゅう船が沈むので、乾囲の商人たちも、交易というより博打《ばくち》のつもりでやってきた。こちらとしても、船の入る港をもつ庫帆の督にすべて任せておけばよかった。

ところが、乾囲よりもさらに遠いどこかの国で、船の建造技術に大きな進歩があったらしい。その技が乾囲国にも伝わって、船が嵐《あらし》にもちこたえられるようになった。これからは見通しを立てた商売ができると、あれこれ要求してきたのだ。ひとつひとつは小さなことだが、異国相手の取り決めだから、うっかりすると、大きな災いの芽となりかねない。

そうした気の張る決めごとをしている最中に、四の丞からの使者が到着した。あの人物がつつがなく都を出たと伝えに来たのだ。

城を発《た》つところは二人とも、遠くからながめていたのだから、都をぶじに出たという知らせは、驚くようなものではない。細かいところに気のつく四の丞の、細かすぎる気遣いだった。わかりきった報告を受けて、使者を下がらせ、ふたたび二人きりになるのを待つ間の静寂に、上の丞の「ふふっ」が響いたのだ。

何も可笑しいことのないなかでの失笑とは、思い出し笑いなのだろう。何を思い出して笑ったのか、下の丞には見当がついた。

あの人物が引き起こした大騒動だ。

なんとか丸くおさめるまでは身の細るような思いをしたが、終わってみれば、とんだ笑い話となった。

下の丞を本気で卒倒させた、〈戦おさめの儀〉でのあの狼籍《ろうぜき》。六樽様を裏切り者呼ばわりした、婚姻の儀でのあの奇態。それがみな、単純な人違いのせいだったとは。

六樽様の御下《みもと》では、戦のあいだも、死を覚悟した籠城のときでさえ、常にすべてが整然としていた。それをあの人物は、引っかきまわそうという意図など寸分も持たずに、見事に引っかきまわしてくれた。六樽様の重臣たちが、あれほどばたばたとあわてふためいたことは、かつて一度もなかったが、あれほど心をひとつにしたことも、なかったのではないだろうか。

事前の打ち合わせもしていないのに、それぞれが芝居を打って、姫君の婚儀を中断させ、最悪の事態を回避した。

先陣を切ったのは、八の丞だった。曲者が出たというあの機転がなければ、ああまで意固地になられた六樽様を、儀式の場からお連れすることはできなかっただろう。その働きに免じて、幻の曲者がどうやって本物の刃物を落としたかは、追及しないことにした。

おそらく陪臣のはからいによってだろうが、見事に絶叫して気絶したあの人物に、大祭司様が駆け寄って、ふたたび風鬼《かぜんき》を持ち出してくれたのもよかった。あの人物は、

〈戦おさめの儀〉のときから風鬼に惑わされて正気を失っていたのだと、大祭司様が言明し、祀《まつ》り堂の占いでもそういう結果が出た。あの人物も、〈風落とし〉を受けた後、〈戦おさめの儀〉開始以降の記憶はないと証言した。

それで、さまざまな不都合をなかったことにできるはずだったのに、六樽様はかたくなだった。日頃は寛容で物分かりのよい方なのに、ごくたまに、へそを曲げられる。そうなるともう、梃子《てこ》でも動かれない。

今回は、特にひどかった。

六樽様のご気性を把握している下の丞が中心となり、あれやこれやの手を尽くして、ご立腹をおさめていただこうとしたのだが、あの人物と四の姫をどうあっても夫婦にするというご決意を崩せなかった。婚姻の約束がなされたときの経緯を考えれば、意固地になられるお気持ちもわからないではなかったが、当人同士が望んでいないだけでなく、先々に禍根を残す婚姻だ。やめられるのならやめるべきことは明白だった。六樽様も、それは重々おわかりのはずなのに、ああも言い張られたのだから、ご立腹はよほどのものだったのだろう。

しかし、とうとう、奥方様の懇願を受け入れるかたちで折れてくださった。おそらく、最後にものを言ったのは、六樽様ご自身の親としての情だろう。命の恩人にどうしてもと言われてならまだしも、人違いとわかったまま、別の女性を熱愛している男の妻になるなど、四の姫が哀れすぎる。

渋々と、六樽様も、この間のことはすべて風鬼が起こした錯乱によるもので、なかったことにするのが妥当と認められた。

「では、仕事に戻りましょうか」

すました顔で上の丞が言った。

「そういたしましょう」

下の丞も、何事もなかったような顔で応じた。

いつもだったら、まじめな席での思い出し笑いなどという失態に、あてこすりくらい言ってやるところだが、やめておくことにした。上の丞のきまりの悪い顔などというう珍しいものが見られたし、実をいうと下の丞も、あの騒動を思い出して、ひとりで笑ったことはある。

まったく、不思議な人物だ。

あの騒動の前と後とで城内の空気が一変したのを、下の丞は感じていた。

戦に勝利し、香杏を滅ぼした。それは大いなる喜びだったが、戦に勝ったことへの高揚感がおさまると、反動のように、人々の気持ちは沈んでしまった。数年に及んだ激しい戦闘の被害にあらためて愕然《がくぜん》とし、戦死者を想って胸を痛め、戦争でひっくり返った物事を元に戻すという地味で根気のいる作業を前にして、肩に重荷を負った気分。

それで物事が停滞したというわけではない。誰もがてきぱきと仕事を進めていた。眉間《みけん》に皺《しわ》を寄せ、重いため息をつきながら。

そこに、あの騒動が起こった。六樽様までをも含めた城じゅうの人間が、あの男の恋と勘違いに翻弄《ほんろう》された。どうにか丸くおさまったが、まったく疲れる出来事だった。けれども、終わってみれば、あまりのばかばかしさに笑ってしまう。思い出してくすりとやっているうちに、いつのまにか、頭も肩も軽くなっていた。下の丞だけでなく、誰もがそういう顔だった。

六樽様だけは、いまだにへそを曲げておられて、とうとう七の姫の婚儀にも臨席されなかった。

だが、そういう我儘《わがまま》ともいえる頑固ぶりを発揮されるのは、戦から続いていた緊張を、ようやくお解きになったからではないだろうか。戦の間は、気分のむらをみせることさえ、おできにならなかったのだから。

〈空鬼の落とし子〉はこの城に、それほどの変化をもたらした。本人には、そんな意図はなかったどころか、そもそも騒動を起こすつもりもなかっただろうが。

まったく、不思議な人物だ。

終わってみれば、悪くない結果となった。

戦のあいだ棚上げされていた課題のひとつに、姫たちの嫁入りがあった。四の姫については、人違いで一度は危うくなったものの、これ以上ない相手がいるので、問題ない。五の姫、六の姫、八の姫は、身分の高いご側室のお子様なので、女系の後ろ楯《だて》がある。縁組みも、その費用《かかり》も、そちらに任せておけばいい。

けれども、七の姫だけは、六樽様がもののはずみか気の迷いかで侍女に手をおつけになった結果のお子様だった。その侍女もすでに亡く、つまりは女系の財産も後見もない。六樽様の姫君なのは間違いないので、お相手はそれなりの人物でなければならないが、それなりの人物は、姫君としての体裁を整えつづけるという義務だけ大きく、うま味のほとんどない縁談を受け入れたがらないだろう。失礼を承知で衆目の一致するところを指摘すると、それでもぜひにと請《こ》われるほどのご器量でもないし。

この頭の痛い問題に、近々悩まされることになると覚悟していたのだが、あの人物が見事に解決してくれた。

なにしろ〈空鬼の落とし子〉は、戦の最大の功労者。その功績により、高い地位が与えられることになっていたのだから、じゅうぶんに、それなりの人物だ。

また、七の姫の縁談が難しい場合、女系の財産がない埋め合わせに、輪笏《わしゃく》という督領を与えることが内々で決まっていた。川の少ない小さな土地だが、御夫君が督でさえあれば、七の姫の体面は保てる。

その地を治めていた督は、十年ほど前に、跡継ぎのないまま亡くなった。そこで、先を見据えて、新たな督を立てないまま、家臣らに運営させておいたのだ。

あの人物を七の姫の夫とし、空位だった輪笏の督に立てれば、戦の恩賞として与えるはずだった暦《こよみ》の宰《つかさ》の地位が空く。長い戦のあとにありがちな恩賞不足も、これで少しは解消できる。

実のところ、もともとの予定どおり暦の宰になったほうが、あの人物は、安楽に暮らせていただろう。見た目の地位は督より下でも、暦の宰は役得が多い。その一方で、貧しい土地の督ほど、労多くして報われない立場はない。

しかしそれも、あの人物が自分で招いたことだ。愛《いと》しい姫といっしょなのだから、苦労を苦労とも思わずに、例の調子で騒々しくやっていくだろう。陪臣らには気の毒な話だが。

〈空鬼の落とし子〉は、督となって背蓋布《はいがいふ》が授けられたことを、遠慮がちに喜んでいた。

あの人物に遠慮がちな感情表現ができるとは、驚きだったが、自分がどれだけ多くの人に、どれほど多大な迷惑をかけたかの自覚はあるようで、出発するまで、何をするにも遠慮がちだった。

ただし、七の姫を妻にできた喜びだけは、隠しようもなく表れていて、その笑顔の晴れやかさは、周囲の微笑みを誘った。

督領への出立も、誰もが大いに祝福した。

すべてが丸くおさまったことがめでたかったし、新婚夫婦は微笑ましかった。けれどなにより、〈空鬼の落とし子〉が都を出ていくことに、誰もが胸をなでおろしたのだ。

憎めない人物だ。あの男の出現や、引き起こす騒動が、結果的には良いことをもたらした。

けれども意図せぬ破天荒ぶりは、そばに居られるとはらはらする。次に何をやらかすかと気が休まらない。あの人物が暦の宰として、ずっと城内にいることにならなくて本当によかったと、公然と口に出す者はいなかったが、誰もが心の中で思っていた。

遠くで活躍していてほしい人間というのがあるものだが、まさにあの人物がそうだったなと、下の丞は思った。

「いま、お笑いになりましたか」

上の丞の声がした。

「いいえ。とんでもない」

下の丞は、あわてて表情を引き締めた。

「お口元が、ぴくりとされた気がしましたが」

こちらはさきほど見逃してやったのに、恩義に感じてはくれなかったようだ。陰険な上の丞らしいやり方だ。

「笑うわけがありません。我々の抱えている問題は、深刻にして、切実なものばかり。さて、この件はどういたしましょう」

問題は山積だし、上の丞は陰険だし、やっと空席の埋まった四の丞と五の丞は未熟者だしで、老骨に鞭《むち》打つ日々が続いているが、下の丞は、まだまだ引退するつもりはなかった。新しい輪笏《わしゃく》の督が、遠くでどんな活躍をするか、しっかりと見物させてもらうのに、いまの地位は格好の場所だ。

楽しみがあれば、苦労も軽くなる。最近では、疲れを感じることも少なくなった。

そんなことを考えていると、上の丞の目があるのに、どうしても口元がぴくりとする。困ったものだと下の丞は、またも緩みそうになる頬を引き締めた。

星人は、右手を左胸に当てていた。

どくん、どくんと、規則正しい鼓動を感じる。

生きている。

それが不思議だった。

あんなにも覚悟した死は、またしても、するりとどこかに行ってしまった。

喜ぶべきことなのだ。彼は生きており、元の地位のままでいる。おまけにあの男は都を出ていった。

だが、安心していいのか。

以前にまして、あの男は人気者になってしまった。星人でさえ、あの男はやはり、見たままの人物ではないかと考えはじめている。

見たままの、無邪気で短慮で直情径行の、はっきり言って愚か者。

だが、そう決めつけるには不安が残る。

なぜなら、事の成りゆきが、あまりにも出来過ぎてはいないだろうか。

もしも人違いなど起こらずに、あの不審者が最初から、七の姫を妻にしたいと言っていたら、やはり非難を浴びただろう。四の姫の場合ほどではなかっただろうが、とんでもない場で、とんでもないことを言い出したと、憎まれ、蔑《さげす》まれ、警戒されたことだろう。

ところが、最初に四の姫を持ち出して恐慌《きょうこう》を巻き起こしたため、七の姫とわかったときには、誰もが胸をなで下ろした。身元のわからない不審者と、七の姫とはいえ六樽様の姫君との婚姻に、疑義を呈する者はなく、人々は心から祝福し、新たな処遇も歓迎された。

意図しておこなったのなら、なんと見事な策略だ。こんな筋書きは、星人でさえ、百年かかっても考えつかないだろう。

見た目どおりの愚か者なら、それでいい。けれども、計算ずくのことだったら、恐ろしいことこのうえない。何のための計略かはわからないが、弓貴をのっとること以上の危険な目的があるのかもしれない。

見張らなければならない。すべてが策略かもしれないと、疑っているのは星人ひとりきりなのだ。だから、彼が見張らなければならない。きっとこの命は、そのために永らえたのだ。

右手の下の鼓動は、痛いほどに大きく、強くなっていた。

(『鬼絹の姫―ソナンと空人2―』につづく)

阿川佐和子・角田光代
沢村凜・柴田よしき
谷村志穂・乃南アサ
松尾由美・三浦しをん 著

最後の恋
―つまり、自分史上最高の恋。―

8人の女性作家が繰り広げる「最後の恋」をテーマにした競演。経験してきたすべての恋を肯定したくなるような珠玉のアンソロジー。

小野不由美著

月の影 影の海（上・下）
―十二国記―

平凡な女子高生の日々は、見知らぬ異界へと連れ去られ一変した。苦難の旅を経て「生」への信念が迸る、シリーズ本編の幕開け。

上橋菜穂子著

精霊の守り人
野間児童文芸新人賞受賞
産経児童出版文化賞受賞

精霊に卵を産み付けられた皇子チャグム。女用心棒バルサは、体を張って皇子を守る。数多くの受賞歴を誇る、痛快で新しい冒険物語。

恩田陸著

六番目の小夜子

ツムラサヨコ。奇妙なゲームが受け継がれる高校に、謎めいた生徒が転校してきた。青春のきらめきを放つ、伝説のモダン・ホラー。

北村薫著

スキップ

目覚めた時、17歳の一ノ瀬真理子は、25年を飛んで、42歳の桜木真理子になっていた。人生の時間の謎に果敢に挑む、強く輝く心を描く。

篠田節子著

蒼猫のいる家

働く女性の孤独が際立つ表題作の他、究極の快感をもたらす生物を描く「ヒーラー」など、濃厚で圧倒的な世界がひろがる短篇集。

髙村　薫著

マークスの山（上・下）

直木賞受賞

マークス――。運命の名を得た男が開いた扉の先に、血塗られた道が続いていた。合田雄一郎警部補の眼前に立ち塞がる、黒一色の山。

H・P・ラヴクラフト
南條竹則編訳

インスマスの影
―クトゥルー神話傑作選―

頽廃した港町インスマスを訪れた私は魚類を思わせる人々の容貌の秘密を知る――。暗黒神話の開祖ラヴクラフトの傑作が全一冊に！

メルヴィル
田中西二郎訳

白鯨（上・下）

片足をもぎとられた白鯨モービィ・ディックへの復讐の念に燃えるエイハブ船長。激浪荒れ狂う七つの海にくりひろげられる闘争絵巻。

オールコット
松本恵子訳

若草物語

温和で信心深い長女メグ、活発な次女ジョー、心のやさしい三女ベスに無邪気な四女エミイ。牧師一家の四人娘の成長を爽やかに描く名作。

スタインベック
大浦暁生訳

ハツカネズミと人間

カリフォルニアの農場を転々とする二人の渡り労働者の、たくましい生命力、友情、ささやかな夢を温かな眼差しで描く著者の出世作。

P・バック
新居格訳
中野好夫補訳

大地（一〜四）

十九世紀から二十世紀にかけて、古い中国が新しい国家へ生れ変ろうとする激動の時代に、大地に生きた王家三代にわたる人々の年代記。

王《おう》都《と》の落《らく》伍《ご》者《しゃ》

—ソナンと空人1—

新潮文庫　さ－93－1

令和二年十月一日発行
令和三年二月十五日三刷

著者　沢《さわ》村《むら》凜《りん》

発行者　佐藤隆信
発行所　株式会社新潮社
郵便番号　一六二―八七一一
東京都新宿区矢来町七一
電話　編集部(〇三)三二六六―五四四〇
読者係(〇三)三二六六―五一一一
https://www.shinchosha.co.jp

価格はカバーに表示してあります。

乱丁・落丁本は、ご面倒ですが小社読者係宛ご送付ください。送料小社負担にてお取替えいたします。

印刷・株式会社光邦　製本・株式会社大進堂

ISBN978-4-10-102331-1 C0193